この世はジゴク

松尾英二

東京図書出版

この世はジゴク❖目次

第一章　遭遇

　幸一はいつものようにベッドに横たわりながら、溜め息をついていた。

（あーあ……。何でこんな人生になってしまったんだ……）

　東京郊外の一軒家。ここに住んでもう四十年以上が過ぎたことになる。幸一が生まれたばかりの時に、親が建てた家だ。幸一はまさかこんな歳になるまで、こんなところに住んでいるとは想像すらしていなかった。しかも、この部屋で相変わらず独り涙を流しているとは……。

　藤盛幸一《ふじもりこういち》、四十一歳の独身。性格は超が付く程真面目で、融通が利かないというか、堅物というか、とにかく見た目からしてそれが分かってしまうような人物だった。それだけではない。過去の些細なことを後悔したり、将来のことを心配したりして常に悩んでばかりいた。さらには、自分のことを内向的で小心者で消極的で……と全ての負の要素を併せ持ったような人間だと自覚し、自分のことが嫌いでどうしようもなかった。そんな性格だから当然のごとく恋愛に関しても臆病で、女性との交際経験は一度もなかった。

こんな真面目で悩み多き性格になったのは、厳しい躾の両親に育てられたせいだと、幸一は常々感じていた。物心付いた頃からいつも親に怒られてばかりで、そのたびに泣くのが日常。そして、あまりにも親に怒られたせいで、いつも親の前ではビクビクしていて、本当の自分というものが出せず、親に笑顔を見せることもできなくなっていた。

そして、高校生くらいになると、そんな性格の自分を変えようとして、かなりの数の自己啓発本を読んだり、ちょっと怪しげな宗教にのめり込んだりしたこともあった。自分のことを「僕」と言っていたのを、「俺」に変えたのもこの頃だった。俺という方が強い性格になれる気がして、そうすることにしたが、実際のところそれくらいのことで性格を変えられるはずもなかった。とにかくできるだけのことはやってみたが、なかなか染み付いた性格を変えるのは難しかった。だから、幸一はもうこの歳になるとほぼ諦め状態で、自分を変えようとか、何かやってみようとか、そんな意欲は完全に消え失せていた。

思い返すと、ずっと嫌な思い出ばかりだった。小学生の頃からいじめられてばかりだったし、しかも、学校に相談しても真剣に取り合ってくれる先生なんて一人もいなかった。だから、先生なんてこんなものなのかと絶望的になっていた。結局、いじめたやつに仕返しする勇気もなく、心の中で恨むことくらいしかできなくて、ただただ耐えるしかなかったのだ。

また、学校の大事なイベントがあるたびに、風邪を引いたり熱が出たりして、学校生活のいい思い出は皆無だった。特に最悪の出来事は、第一志望の公立高校受験日にいつもの悪い癖で高熱を発症し、頭がボーッとしたまま受験、当然頭が働くはずもなく不合格になったことだった。相当頑張って受験勉強に励んだのに、自分の実力とは別のことで力を発揮できなかったのが悔しくて堪らなかった。不本意ながら滑り止めで受験していた男子校に行くことになり、その三年間ずっと苦痛で、全く面白くない高校生活を送ってしまったのだった。だから、この頃は既に自分の運命は最悪だと決めつけ、いつの間にか「ついてないなぁ」というのが口癖となっていた。

自分の運の悪さは思い出せばきりがなかった。じゃんけんは常に負け続けるし、屋外でのイベントに参加するたびに雨が降る。だから、周りからは雨男と言われ有名だった。旅行に行けば台風で飛行機が欠航になるし、車の免許を取ったその日に事故に巻き込まれる。だから、何かしようとする時には「どうせまた悪いことが起きる」とネガティブな考えが自然と思い浮かぶようになり、いつも行動を制限してしまうのだった。

特に嫌だったのが、こんなに不運で不幸な人生を歩んでいるのに、自分の名前がまるで正反対だということだった。

(何が幸一だ……。幸一って「一番の幸せ者」という意味じゃないのか？　こんな名前付けやがって……)

と、常々こんな名前を付けた親を恨んでいた。

（なぜ？　自分だけこんなに不幸なんだ？）

と、こんな人生になってしまった原因を悶々と考え、いつも暗い気持ちになる。あれこれ原因を探しているうちに、最悪な親の元に生まれたというのが根本の原因ではないかという結論に達したり、前世で何か悪いことをしでかして、現世でこんな人生を強いられているのではと妄想したりしていた。しかし結局、正解が出ない悩みに、イライラモヤモヤする日々を送っていた。そして、夜寝る前に嫌なことを思い出しては、独り布団にくるまりながら涙を流していた。その癖は物心付いた頃からではないかと思うくらいで、考えてみれば随分長い間そんなことを繰り返していた。

特に思い出されるのが「幸一！　お前はバチが当たる！」と、事あるごとに母親に言われたことだった。いつも鬼のような形相で怒る母親のことを幸一はとても恐れていた。幼い頃は「バチが当たる」というのは本当に地獄からエンマ大王がやってきて何か罰を与えられるのではないかと心から信じていたし、そう信じることによって悪いこともせず真面目な性格が形成されていったのであった。

また、幸一の親は躾と称し、殴る蹴るの暴行は日常で、学校のいじめだけでなく、家でも暴力に耐えることは当たり前だった。厳しいのは特に母親の方で、気付けば勝手に作られたルールがたくさんあった。おもちゃ、漫画、ゲームは教育に悪いという考えで、ほとんど買ってもらえず、テレビもアニメなどの子供が好きそうな番組は観させてもらえなかった。そもそも家には小さな古いテレビが一台しかなく、それも、ほとんど父親がニュースを見るのに使われるだけだった。だから、大学生の時、友達と小学生の頃のテレビ番組の話題になっても全く付いていけなかった。誰もが知っているバラエティー番組でさえ、幸一は全く知らないという有り様で、みんなにバカにされることも多かったのだ。とりあえずこの親の元に生まれたからには、この親の決めたルールに従うしかなかった。

さらには、母親の口癖で「早く勉強しなさい！」と言われることに幸一は強烈な嫌悪感を抱いていた。だから、幸一はそれを言われる前に勉強している振りをするのが上手くなった。しかし、そんな無理やりやらされる勉強が好きになるはずもなく、いつも苦痛で仕方がなかった。とにかく勉強している姿を見せておかないと母親の機嫌が悪くなり、ご飯抜きは当たり前、洗濯などの家事もしてもらえなくなる。そんな嫌な思いをするのを避ける為に、幸一は幼い頃からずっと親との接し方を試行錯誤し、いつも母親の顔色をうかがいながら学生時代をどうにか過ごしたのであった。

一応、一浪して名の通った大学には進学できたが、現役で合格できなかったことも劣等感を抱く要因だった。しかも、幸一は真面目な性格故、親に余計な出費をさせたという負い目もあった。だから、親に対して何も言えなくて、ただ親が言うことに従うしかなかった。そんな幸一は二十歳を過ぎても結局真面目以外何の取り柄もない人間となり、成人を迎えたこの頃、そんな性格が完成したといっても過言ではなかった。

母親は一人っ子である幸一のことを甘えん坊だと周りの人に思われないよう必要以上に厳しくするのが教育方針だった。幸一はとにかく親に甘えたという記憶がないのだ。父親も同様に厳しかったが、母親の強烈さに父の印象は薄く、思い出はあまり残っていなかった。幸一が就職してからすぐに父親は病気で亡くなり、それから相当な年月が経つと幸一の記憶の中では、父親との思い出は消えつつあった。

普通なら思春期ともなると、親に反抗してグレるということも考えられるが、幸一の場合は真面目な性格というのがしっかりと身に付いていて、道に反したことができなかった。心の中では「バカ野郎！」と叫びたい気持ちはあるのだが、それを言ってはいけないと、自然と心が制御してしまう。また、親に言われ続けた「バチが当たる」という言葉がいつまでも頭から離れなかったというのも、自分を抑えてしまう原因でもあった。

それで、就職活動はというと、バブル崩壊後の就職氷河期で一番厳しい時期に当たってしまったのも不運だった。生まれた年代によってこんなにも苦労するのかと、幸一は理不尽さを感じ、その期間中ずっと自分の運命を嘆くばかりであった。

（バブル世代の人達が羨ましいよ……。俺は辛い勉強を頑張って、浪人までして有名大学に行ったのに、全然意味ないじゃないか。母が常々言っていた「勉強しておけば就職も楽だし、いい会社に入れる」というのは全く嘘じゃないか！　親の言うことを素直に聞いて真面目に勉強した自分がバカだった……）

幸一はうまくいかない就職活動中、常に怒りを感じていたが、一応大学を卒業する春までになんとかギリギリで内定をもらえた。しかし、希望していた営業職ではなく総務部での事務職だった。消極的な性格で自信が持てない幸一が営業職を希望するなんて無謀な気もしたが、営業職になれば今よりちょっとはましな性格になれるんじゃないかと、単純にそう思っていたからだった。でも、会社側からは営業には向かないと判断されたのか、全く希望もしていない事務職での採用だったのだ。幸一がそれを知ったのは入社の後で、泣く泣く会社に従うしか方法は無かった。

また、上場企業から内定をもらったというだけで入社を決めたのもいけなかった。ただただ幸一は親がそう言うから勉強して大学に行き、世間に名の知れた会社に就職できればいいというくらいの考えしか持っておらず、本当はどういう仕事をしたいのか本気で考えていなかったというのが正直なところだった。単に「仕事は営業」みたいなイメージだけは持っていたが、仕事というより会社名のことばかり気にしていたのも失敗の原因だった。だから、実際仕事をやってみると想像と違う業務に、戸惑いとやりがいの無さにがっくりきてしまったのだった。

仕事はというと、他の部署からの要望に応える雑用仕事ばかり、

「コピー機が壊れたから、どうにかしてくれ」

「このゴミ、捨てておいてくれ」

と、毎日毎日、他の人がやりたがらない仕事を押し付けられるのが常だった。だから、いつまで経っても、なかなかその仕事には馴染めなかった。しかも、ちょっとでもミスをすれば上司や周りの社員から怒られ、褒めてもらうことなど全くと言っていいくらいなかった。残業も多く三年目にはほとんど鬱状態で体調が悪くなり、心療内科で薬を処方してもらいながら、なんとか会社に行くことができる状態だった。それでも真面目な性格と今後の不安が邪魔をして、転職することができなかった。

（もうこんな会社、嫌だ……辞めたい……。でも、ここで辞めたら周りの人から何と言われるのか……。でも、辞めたい……。いや、せっかく名の知れた上場企業に就職できたのに……。辞めたら二度とそんな会社には転職できないし……。どうすればいいのか……）

こんな考えが頭の中をぐるぐる回り落ち着かない毎日で、夜もぐっすり眠れなかった。特に母親に会社を辞めたいと弱音を吐いたら、とんでもない勢いで反対され、それ以上何も言えなくなってしまったのだった。幸一はとにかく我慢して会社に行くしかなく、身も心もボロボロの状態だった。

そんな状態で仕事を続けているとミスが多く、会社での評判は悪くなる一方だった。それでもなんとか頑張って仕事を続けていたが、これ以上会社や周りの人達に迷惑を掛けられない、という思いが強くなり会社に居づらくなってしまった。このままこの会社で働くのも地獄、この会社を辞めて無職になるのも地獄、とにかく考えれば考える程、答えが出ない状態で苦しい毎日が続いた。結局、体調が日を追うごとに悪くなり、会社に行けなくなって退職以外の道がないという状況になってしまった。

(辛い……、辛い……、辛い……。もう死んでしまいたい……)

そんな考えが頭の中を占めるようになり、結局、幸一は退職願を提出。相当悩みに悩んで決意したのに、あっさり会社を辞められたのも複雑な気持ちだった。

(結局、俺は会社にとって必要ない人物だったのか……)

と、悲観的なことを考え、さらに落ち込んでしまった。

退職後、数日間は家で独り涙を流したが、もう後戻りはできない自分の人生に後悔の念とこれからの不安が折り重なり、精神的にはギリギリの状態だった。しかし、無職のままではせっかくの貯金も減り、今後の不安がもっと大きくなるだけ。だから、そんな精神状態でも、どうにか頑張って次の職を見つけるしかなかったのだった。


社会人になっても辛い時期が続き、幸一はいつのことかはっきり覚えていないが、学生時代の数少ない友人から、結婚式の招待状が送られてくることがあった。しかし、とても人の幸せを祝う気持ちにはなれず、全て欠席のハガキを送り返した。特に、中学生時代の友達、健太から結婚式の招待状が届いた時は、

(なぜ、今更俺に？　もう十年以上会ってないのに……)

と、疑問を抱いたくらいだった。確かに、健太とは中学時代唯一と言っていい程の親友だったが、高校も大学も別々で、いつの間にか会うこともなくなっていた。たまに街で見かけたとしても、幸一は逃げたり隠れたりして、できるだけ顔を合わせたくなかったのだ。というのも、健太は幸一が不合格になった高校に合格し、さらには超難関大学に通っているというのを幸一は噂で聞いていた。だから、彼に対して劣等感を抱き、そういう行動を取ってしまっていたのだ。以前は親友だったにもかかわらず、完全に彼に嫉妬していた。当然、健太は社会人になっても、エリート街道まっしぐらということも、噂で幸一の耳に入っていた。

そんな健太は中学生の時、見た目もカッコ良く男子にも女子にも人気があったが、幸一の方はというと、真面目な藤盛を略して、「マジモリ」というあだ名を付けられる始末。真面目過ぎる性格をバカにされ、そのたびに嫌な思いばかりしていた。それだけではない。幸一は嫌いな勉強を我慢して真面目にやっているのに、どうしても健太には勝てなかった。健太は常に成績トップで、さらにはスポーツも万能。とにかく幸一は健太より優れたところが一つもなく、劣等感ばかりを抱いていた。ただ、クラスの中で唯一健太だけは、幸一のことをバカにせず、仲良く接してくれていた。周りから憧れられる存在の健太が、自分に優しくしてくれるので、幸一の方も親友としてつきあっていた。しかし、心の奥底では自分と健太を比較していつも劣等感だらけ。とにかく悔しかった記憶はいつまでも残っていた。

　幸一が辛い生活を送っている中、なぜか知りたくもない他の友達の噂もいろいろ耳に入ってきた。出世したとか、マンションを買ったとか、結婚して子供が生まれたとか、とにかく人の幸せ話ばかりだった。そんなことを知るたびに、

（なぜだ？　俺はこんな状況なのに……。一体何が原因で俺だけこんなにみじめなんだ。俺だって頑張って生きてきたじゃないか！　こんな世の中おかしい……）

　と、世の中の理不尽さを嘆き、落ち込む毎日だった。


　転職活動では、未経験での仕事は書類選考の時点で落とされてしまうのが常だった。転職で心機一転、新たな職種で頑張ろうと思っても、面接にさえ進めないのだ。手当たり次第、上場会社や聞いたことがある社名の会社に応募してみたものの、結局書類選考で通るのは前職と同じ事務職だけだった。やっと書類選考を通過しても、面接ではほとんどが不合格。というのも、面接官を前にすると、緊張でうまくしゃべることができず、仕事に対しての自信の無さ、いや自分に対しての自信の無さがバレてしまうのだった。結局、一社だけからしか内定をもらえなかった。幸一はこれでやっと転職活動から解放されるという気持ちから、その会社に行くことに決めた。上場企業でなかったのが、幸一にとっては不本意だったが、この際、そんなことを言うのは身の程知らずだと自分で納得していた。た

だ、母親から、

「そんな訳の分からない会社に勤めて情けない。そんな子供に育てたつもりはない」

と、顔を合わせるたびに文句を言われた。幸一はそう言われるたびに耐えきれない思いが湧き上がってきたが、それでも親には何も言い返す言葉は見つからなかった。

（どうせ、俺なんかは……）

と、いつも心の中で自分を卑下してしまうのであった。

結局、あれ程嫌だと思っていた総務部での仕事しか採用にならなかった。ここまでくると、いろいろ自分の希望を言っても仕方がないと諦め状態だった。こんな自分だから、雇ってくれる会社があるだけでありがたいという気持ちで、二社目に臨むことにした。もちろん給料は同年代と比べても格段に安く、とても満足できるものではなかった。

母親は知り合いの話を持ち出し、誰々の息子さんは課長になったとか、エリート官僚になったとか、そんなことばかりを言ってくる。確かに、人と比べると自分の不甲斐なさを実感するし、親からそんなことを言われても仕方がなかった。こんな歳にまでなっても、親の言うことに翻弄されたり、反論できなかったりで、自分が情けなかったが、そこは我慢するしか方法がないと思っていた。気が付くとこの頃には、親との会話はほとんどなかった。というか母親の方だけが一方的にしゃべる、いや愚痴を言ってくるだけで、幸一の方からは、ほとんどしゃべり掛けることはなかった。そんな親との関係を長い間続けながらも、幸一はただただ耐えるしかなかった。本当は自立して独り暮らしでもしたいところだったが、お金の面の心配とそうする勇気もなく、だらだらと実家暮らしが続いてしまっていたのだった。

（今度こそは絶対に辞めることなく仕事を頑張ってやるぞ！）

幸一は固い決意をしたが、数カ月で会社に行くのが嫌になってしまった。一社目でもそうだったが、理不尽な人事や嫌な上司のことで納得いかないことが多かったのだ。

（なぜあんなパワハラ上司が存在するんだ？　権力むき出しで、嫌なやつはどこの会社にもいるもんだ。こんな悪人でなければ出世しないのか？）

と、いつも心の中はモヤモヤとイライラが混ざった怒りに満ち溢れていた。しかし、その怒りのぶつけ方も分からなかった。なんとか我慢して自分を納得させてはいたものの、やはり本来の真面目な性格が邪魔をして、そんな上司を許すことはできなかった。こんな状態でストレスばかり感じ、またもや体調が悪くなる。それの繰り返しだった。ある時期には体調不良が続き、病院通いする生活になっていた。しかし、どこの病院で診てもらっても原因不明で、結局「自律神経失調症」という病名で片付けられて終わった。

（真面目って生きづらいなぁ）

幸一はそんな悩みを抱えながら仕事を続けていたが、またもや会社に行けなくなり、十年我慢した二社目も心の病を理由に退職してしまった。家に居ても母親にイライラ、会社に行っても上司にイライラ。幸一はとにかく自分の居場所がなかった。四十一歳にしてまたもや無職となった今では、自分の絶望的な人生を嘆くことしかできない精神状態になっていた。

幸一はこの歳で仕事もなく家に籠もっていると、やることといえばインターネットで暇つぶしをするくらいで、特にこれといった趣味もなかった。だから、気付けばSNSで自分が知っている昔の知人を検索し、勝手に人の日常をのぞき見していた。友達と言える人物は数少ないが、覚えている限りの同級生の名前をネットで見つけるのが日課の一つであった。そして、誰がどんな生活をしているのかをチェックするのが癖となってしまった。でも、それを見るたびに落ち込む毎日だった。それもそのはず、この歳で独身無職の人なんか、知り合いの中には一人も存在せず、自分以外全員幸せそうだった。

有名焼肉店で友達と楽しく……、行列ができるラーメン屋で……、楽しい仲間とのパーティーで……、子供と公園で……、そんなものを見るたびに自分の状況をみじめだと感じていた。結局、人の幸せを知るだけで何の得もない。だから、もう見るのを止めようと固く心に決めるが、次の日になれば、どうしても人のことが気になり、ついついパソコンに手がいく。その繰り返しだった。

とにかく、幸一は自分の人生が嫌で嫌で仕方がなかった。

（あー、こんな人生もう嫌だ。真面目に生きてきたし努力もしたけど……。親の言いなりになって、辛い人生を歩んできた……。自分は不幸の下に生まれてきて、結局幸せにはなれないのか……。そもそも幸せって何なんだろう）

幸一はそんな考えが頭を占めるようになり、仕事を探す元気どころか、生きる元気さえ無くしてしまっていた。

（結局、人生我慢、我慢、我慢の連続だったなぁ。もう限界だ。やっぱり、俺、もうこの世から消えたい……。いやもう絶対死んでやる！）

そういう考えが頭の中を占めるようになってしまうと、他のことは何も考えられなくなってしまっていた。今まで少ない給料からコツコツと貯めてきた貯金も、今更使う元気もなく、死ぬ前にパーッと全部使ってしまおうとか、最後においしいものでも食べようとか、そんな考えも一切起きなかった。ただただ死ぬことしか考えられず、それをいつ実行するか、頭の中はただそれだけだった。

この世から逃げることを考えるのはもう随分前からのことで、実は幸一には一度自殺を決意した経験があった。通勤途中の電車の中から窓越しに見える大型マンション。その最上階である十階から飛び降りようと、そこの外廊下まで行ったことがあったのだ。しかし、

（あの人、邪魔だなぁ……）

そこには、タバコを吸っている幸一と同じ世代くらいの男性の姿があった。幸一はその人が居なくなるのを、エレベーターホールと外廊下の間をウロウロしながら待っていた。

（まだかなぁ……。タバコ吸うの遅いなぁ……。やばい、見つかる！）

その男性はこちらを気にするように一瞬幸一を見たが、幸一は目をそらし何気ない素振りでその場をそっと離れた。そうこうしている時間が幸一にはとてつもなく長く感じられた。おそらくたった十分程度の時間だったが、いろいろ考える時間ができてしまい、飛び降りるのが怖くなってしまったのだ。いざとなっては怖気づいて死ぬこともできず、実行できなかった自分が情けなくて、十階のエレベーターホールで泣き崩れたのだった。結局、家に帰る途中も涙が止まらず、帰ってからも自分の部屋のベッドの上でずっと泣き明かし……。あれから八年。

（もういい……こんな人生……。今度こそは、絶対に飛び降りてやる！）

幸一はそれ以外の考えは頭の中になかった。そう決心すると、ベッドから立ち上がり、

（よし！　これから一時間後、決行だ！）

真夜中にもかかわらず、幸一は全身の血がメラメラと燃え盛るように熱くなり、目もギンギンに冴えていた。

ゴールデンウィーク最終日。

(世間の人達は楽しい休日を送ったに違いない……。でも、俺は……)

幸一はこの時期、自殺者が多くなるというのを以前からニュースで知っていたが、まさか自分までもがこの時期に実行することになるとは、想像していなかった。思い返すと、以前自殺を試みようとしたのもこの時期だった。

早朝のまだ薄暗い四時。

(よし、いよいよ出発だ。さよなら、俺の部屋……。もう二度とここに戻ってくることはないな……)

幸一は母親に気付かれないように静かに家を出た。この時間は電車もバスもないから歩くしか方法はない。目的地までは徒歩三十分くらいは掛かるが、そんなことはどうでもよかった。最後の目的を果たすため、一歩一歩前へ進む。ただただそれだけだった。

この辺りではひと際目立つあの十階建ての大型マンション。この八年間、それを見るたび、そして、辛いことがあるたびに、あの時実行できなかったことを後悔していた。しかし、やっとその後悔ともおさらばできると思えば、自分の決意に迷いはなかった。

(二度の失敗は絶対に許されない。結局、この八年間、何もいいことはなかった。ただ辛いだけだった。今度こそは、何がなんでも飛び降りてやる！)

と、人生最大とも言える強い決意だった。前回は迷いもあったのかもしれない。本心では一度だけでも幸せを味わってみたかったという心残りがあった。だから、その時は実際飛び降りる勇気が出なかったと、言い訳をしているだけだった。本当はタバコを吸っている男の人が邪魔で実行できなかったことはできたはずだった。冷静に考えれば、一つ下の九階からでも飛び降りることはできたはずだった。でも、それをしなかった。しかし、今回は一日も早くこの世から逃げたい、この苦しさから逃れたいという気持ちしかなかった。昨日は昔の辛かったことをいろいろ考えているうちに、一睡もできなかったが、それが逆に気持ちの高ぶりとなり興奮状態だった。

（よし、もうすぐだ。これでやっと楽になれる）

八年前の失敗の一因は、実行する時間帯だった。マンション内に侵入するには、オートロックの自動ドアを突破しなければならなかった。幸一は真面目な性格故、真面目に侵入方法を考えた。いかに不審者と思われないようにするか、幸一にとってはそれが大事だった。結局、そのマンションの住人の振りをして、他の住人が自動ドアを開けた瞬間に、自分も一緒に紛れて中に入るのが一番だという結論に達した。「こんにちは」とすれ違い様に挨拶でもしておけば、不審者と思われることもないだろうと幸一は考えたのだった。

あの時はその作戦で侵入には成功した。しかし、昼間はマンションの住人の目があって自殺するには、不適切な時間帯だということまでは頭が回らなかったのだ。その苦い経験を踏まえて、今度は住人がまだ眠っている早朝に実行することにした。実は何度もこのマンションの下見をしていて、よじ登れる柵があることくらい事前に知っていた。その場所からいとも簡単にマンション内に侵入できた。いろいろ侵入方法を考えるより、その方が一番手っ取り早かった。冷静に考えれば、もう数分後にはこの世に存在しないのに、侵入方法なんかにこだわる必要はなかったのだ。

幸一はマンションに侵入するとすぐに一階のエレベーターホールに行き、「△」ボタンを押した。すると、幸一を待っていたかのように、すぐにドアが開いた。エレベーターに乗り込むとすぐに「閉」ボタンを押し、続けて十階のボタンを何の迷いもなく押した。幸一はここまで冷静に行動し、順調に死に向かって進んでいることを実感しながら、なぜか嬉しさが込み上げてくるような高揚感があった。

（よし、よし。順調、順調）

エレベーターはどこの階にも止まることなく、あっという間に最上階に着いた。エレベーターホールに出て数メートル歩くと左右に長い廊下がある。そこから見る景色は八年前に来た時とは違って見えた。遠くには、これからまさに太陽が昇る直前の光がかすかに見えていた。

（今日も一日が始まるんだな……。でも俺は今日で終わり……）

幸一はそんなことを考えながら、前回と同じ左側廊下の一番奥、目的の場所を目指して、一歩一歩足を進めた。

（あともう少しで実行の時だ。いよいよ死ねる……）

幸一はただただ飛び降りることだけを頭に思い描きながら、廊下をゆっくり歩いた。人生最後の足取りはこの場所。幸一が辺りを見渡すと、そこに住んでいる家族の生活が存在していた。玄関前には、傘や箒が無造作に置いてあったり、幼い子供が乗る自転車やベビーカーが置いてあったり、立派な観葉植物が飾ってあったり……。しかし、そんなこと幸一にはもう関係なかった。ただ一瞬だけ、

（自分にも奥さんと子供がいればこんな状況には追い込まれなかったんじゃないか……）

と、今更ながら結婚できなかったことに後悔の念が頭をかすめた。

（一度だけでも幸せを味わって死にたかったたな……）

今回も前回と同じ場所、最上階の一番奥の廊下から飛び降りようと決めていた。それは八年前に飛び降りることができなかったリベンジと、確実に死ねる場所はそこだと信じていたからだ。幸一は辛い時期、何度もこのマンション近くまで足を運び、そして、十階のあの場所を見上げていた。そして、

（あそこから飛び降りれば、この固いアスファルトに落ちて確実に死ねる）

と、想像を掻き立てていた。そうすれば少しは気持ちが落ち着き、この八年間を生き延びてきた。しかし、もう限界だった。

落ちて身体が叩きつけられると思われるその場所は、周りが植栽に囲まれ発見されにく

い場所。だから、自分の死体を多くの人の目に晒されることはない。かといって、数週間も発見されないような全く人が来ない場所でもない。死に場所を探している自殺志願者にとっては、ここに飛び降りてください、と言わんばかりの場所だった。だから当然のごとく、幸一はまたこの場所に引き寄せられたのであった。

そうこうしているうちに、目的の場所に着いた。廊下の一番奥の行き止まり住戸。見るとそこには「1001」と表示があったが表札はなかった。

（この住人には申し訳ないな……）

真面目な性格故、この期に及んでもそんな考えが頭に浮かんだが、もうそんなことはどうでもよかった。遺書は書かなかった。どうせ誰も自分のことなんか気にしていないし、今更辛かったことを誰かに訴えても無駄だと思ったからだ。とにかく自分の存在を消したい、という一心であった。親にも申し訳ないとも思っていなかった。育ててくれてありがとうという気持ちもなかった。早く親からも逃げたいという思いの方が強かったし、親のせいでこんな人生になったんだと恨んでもいたからだ。

（これでこの世ともお別れだ。さぁ、人が来ないうちにさっさと飛び降りよう）

幸一はもう何の迷いもなかった。そして、外廊下の手すりを両手でしっかりと握り、右足を大きく上げ手すりに掛けた。

（さよなら、俺の人生……）

そして、左足で廊下の床を蹴り、身体が浮いたと同時に目を閉じた。

その瞬間。

ドスン！

（なぜだ……？　一階の地面に落ちるには早過ぎる……？）

幸一は自分でも何が起きたか理解できなかった。

（何だか、後ろから引っ張られたような……）

幸一は飛び降りる瞬間に後ろから誰かに服を引っ張られて、その場に思いっきり尻餅をついてしまったのだ。仰向けに倒れた身体の状態が十階から一階へ飛び降りたのとは違うというのは一瞬で分かった。幸一はその状態のまましっかりと目を開け見上げると、そこには見知らぬ少年が幸一を覗き込むように立っていた。幸一は呆然としたまま、その少年とバッチリ目が合ってしまった。すると、すかさず、

「お父さん、これ読んで！」

と、少年は言いながら仰向けで倒れている幸一のお腹の上に何かをポンと置いた。そして、その少年はすぐに後ろを向き、そのままドアを開け家の中に入っていってしまった。

幸一はまだ何が起きたのか把握できずに、尻餅をついたまま立ち上がることができな

かった。

(何？　何？　何が起こった？)

幸一は少年が入っていった玄関の表札のところを見ると、「１００１」と、さっき見た数字があった。

(やっぱり、まだ十階、飛び降りる前の外廊下のままだ……)

と、頭の中を過った瞬間、

(あの少年、俺のことを「お父さん」って言った……？　何かの間違い？)

と、先程のことを思い出した。そして、幸一は床に座り込んだまま視線を下に向けた。

(何？　ノート？)

それを手に取ると表紙には、

『この世はジゴク』

と、大きく黒のマジックで。

(何？　この世は……？？？)

この状況では、まだ全く何が起きているか分からなかった。本当に夢なのか現実なのか、それさえも分からなかった。

(本来なら今頃、俺は死んでいるはずなのに……。あの少年は誰？　お父さんって？

ノートは？　この世はジゴク？　一体どうなっているんだ……)

とりあえず幸一はそのノートを手に持つと、頭がパニック状態のままどうにか立ち上がった。

（あっ、ちゃんと立てる……。やっぱり俺は生きている……）

幸一はさっき尻餅をついたせいで、お尻辺りに痛みを感じたが、そんなことは全く気にせず、気が付くとエレベーターで一階まで降り、マンションを後にしていた。そして、頭がボーッとしたまま、自然と自宅に足が向いていた。トボトボと歩きながらも、ただただ不思議な気持ちが続いていた。身体は抜け殻のようにも感じたが、あの少年の顔の映像が頭から離れず、それと同時に、生まれて初めて「お父さん」と言われたことが気になり、そのことばかり考えていた。

（一体あの少年は誰なんだ？　まだあどけなさが残る顔……。中学生くらいかなぁ。しかし、お父さんって……、何なんだ？）

いろいろ考えながら歩いているうちに、いつの間にか自分の部屋に戻っていた。そして、おもむろにノートを開いてパラパラとめくってみた。すると、中にはびっしりと文字が書いてあった。しかも明らかに子供が書いたと思われる字で。

（やっぱり、あの少年が書いたのか……？）

幸一はベッドに横たわりながら、まず一ページ目の最初の見出しに目をやった。

『不幸の原因は？』

その文字が目に入った瞬間から、幸一はノートに書いてある文章を一気に最後まで読むことになったのだった。

第二章　拝　読

不幸の原因探しをしたり、過去の嫌な事を考えたり……。イライラは何も役立たない感情で……。受け入れる人生は……。比べることは不幸の始まりだと……。

幸一は読み進めるうちに、身体が熱くなり頭に血が上ってくるのが自分でも分かった。心臓は自分でもびっくりするくらいドキドキし始め、それと同時に背中から寒気ではないゾワッとした、今まで経験したことのない感覚があった。いつの間にか幸一はベッドから勉強机の椅子へと場所を変えた。これは寝そべって読むような内容ではないと言わんばかりに、自然と立ち上がり、きちんとした姿勢で読まなければ、と判断したかのような無意識の行動であった。

悩みのほとんどは単なる……。最後の結果は同じでも……。心配し過ぎると……。目的本位で生きて……。思い通りにならないことを……。自分さえ良ければそれでいい……。人の不幸は……。「この世は地獄」だ……。

（なんだこれは……）

「この世は地獄」という言葉が幸一の胸に突き刺さり、ズッシリと重い物でも持ったかのような感覚に陥った。幸一はこれまで生きてきて、辛い事があるたびにそう思うことは何度もあった。しかし、このノートに明確にそう書いてあると、かなりの衝撃というか、やっぱりそうだったのかと納得できるというか、今まであやふやだった考えが確信に変わるというか、何と表現していいのか分からない、そういう感覚であった。


残念ながら人は……。自分を不幸と思っている人は……。不運は一瞬にして……。この世はまさに不幸と隣り合わせ……。いじめから解放された時……。必ず報われるのであれば……。この世は理不尽……。そもそも人生はほぼ……。人生はまだまだこれから……。なぜ働かなければ……。


幸一の目には自然と涙が溢れていた。

（これは一体誰が書いたんだ……。俺の人生を見透かしているのか……。俺の胸を打ち抜く言葉ばかりが並んでいる……）

この世が地獄だからこそ……。この世は地獄ということを……。地獄なのに……。死にたくなる気持ちも理解できるが……。この世が地獄ならば、こんな世界を……。死ぬということは人類にとって……。人生において希望があるということは……。死にたいと思わない生き方をすること……。

（そうか……。俺は死にたいと、そのことばかり考えていた……。だから生きるのが苦しかったんだ……。そんなことにも気が付かなかったなんて……。俺は勝手に独りで苦しんでいた……）

地獄だから辛い、じゃなく……。この地獄でも好きになれば……。生きていく意味……。それも修行なので……。人は生きている限り……。この世が天国だと思っている人というのは……。幸せというものを経験したことがなければ……。そもそも天国なんか……。だから、心配しなくていい……。

幸一はノートを最後まで読み終えると興奮状態であると同時に、今まで生きてきた四十一年間、なんと自分は愚かだったのか、と自分で自分を責めた。いや責めるというか、自分の愚かさを恥ずかしく思う感情も入り交じり、頭の中にいろんな考えが浮かんでは消え、なんとも言えない感覚だった。

（俺はなんというものに出会ってしまったのか……）

あまりの衝撃に幸一はずっと放心状態でいた。いつの間にか外は暗くなっていたが、ただただこのノートに出会えた衝撃が大き過ぎて何もできない状態だった。

（確かに、俺にとってこの世は地獄のようなものだった……。でも、本当にそうだったなんて……。子供の頃「バチが当たる」と母親に言われるたびに恐れていた地獄は、実はここだったのか？　俺はあのままあの場所から飛び降りていたら確実に死んでいた。修行の途中で人生を諦めたことになっていたのか……。でも、死ねなかった……。まだまだ修行が足りないから神様がまだ死ぬ時じゃないと止めてくれたのか……）

幸一はそう思うとゾッとしたが、今生きていることを実感すると急に、助かって本当に良かったと心から感じることができた。一回目に自殺を試みようと決意して、それを実行できなかった時は、自分の情けなさを悔やみ一晩中泣き明かしたが今回は全く違った。生きてて良かったなんて思ったのは人生で初めてのことだった。今生きているのは、確実にあの少年のおかげだった。

（もしかしてあの少年、ほんとに神様だったのか……？　実在するのか……？）

幸一はノートの内容もさることながら、あの少年とあの助かった直後の出来事が気になって仕方がなかった。

（あの時、確かに俺のことをお父さんって言ったんだよなぁ？　単なる間違い？　本当に俺の子供？　そんな訳ないか……）

とにかく、死にたいとか、この世から消えたいとか、そういう気持ちはすっかり無くなっていた。それよりもいろいろ考えているうちに、もう一度あの少年に会って、話をしてみたいという気持ちが湧いてきた。もし、本当にこの文章をあの少年が書いたのであれば、辛かった自分の人生のことを理解してくれるかもしれないという淡い期待を持ったからだ。幸一は自分のことを分かってくれる人が存在する、という嬉しさが込み上げてきて、ノートに書いてあった「希望」という言葉を改めて思い出した。あの少年に会って話をするという希望、いや生きる希望というものがほんの少しだけでも見えた気がしていた。


気付くと時計は夜中の十二時を指していた。昨日の今頃は、全く寝つけない状態のまま過去の辛かったことを思い返している時間だった。死ぬ理由をあれこれと考え、自殺する行為を正当化する為だけの時間だったのだ。

おそらく丸二日間くらいは一睡もしていなかった。さらにはその間、何も口にしていない。幸一はそのことに気付くと同時に強烈な空腹感に襲われた。急いでキッチンへ向かい冷蔵庫の中にあるものを手当たり次第口にすると、今度は急に眠気が襲ってきた。

（やばい、こんな眠気初めてだ……）

幸一は自分の部屋のベッドに横たわると、一瞬で眠りに就いた。

次の日、窓から入る太陽の光で目が覚めると、既に昼の二時を回っていた。

（やばい、もうこんな時間だ。俺は一体何時間眠っていたんだ？）

幸一は急いでシャワーを浴び、軽く食事を済ませると、少年からもらったノートをカバンに入れて家を飛び出した。どうしてもあの少年のことが気になり、彼に会う為にもう一度あのマンションに行くことにしたのだった。

（ほんとにあの少年は一体何者なのか？　そもそも何で俺にこのノートをくれたのか？　しかし……このノート、まさか、あの少年がこんな文章を書けるはずもないし、この歳になった俺でさえも無理、いや俺は一生掛かっても無理だ。もしかして、見た目が子供なだけで、本当は立派な大人なのか？　いやいや、やっぱり神様？）

顔ははっきり覚えていたが、あの時は本当に一瞬見ただけだったし、果たしてそもそもの記憶が本物なのかどうか分からなくなり、不思議な気持ちが続いていた。

昨日は死の直前から、突然、現実かどうかも分からない状態に引き戻され、見知らぬ少年の登場から、謎のノート、しかもそれを一気に完読。あれよあれよという間に、時が過ぎてしまった。それで、自分が別人になったかのような感覚で、気持ちも高ぶっていたが、一夜明け眠りから覚めるとやはり何か昨日のことが幻だったような感覚も残っていた。しかし、実際今ここに「この世はジゴク」と書いてあるノートは存在しているし、確かに、今自分は生きているという実感もあった。だから、幸一はいろいろ考えながらも、今この現状を確かめる為に、一歩一歩前に進むしかなかった。

　つい昨日のことだが、自殺を試みようとしていた時は、過去の辛かった思い出を最悪の出来事として思い返し、自殺することしか考えられなかった。それからたった一日経過しただけで、最悪と思っていたことが、ノートに書いてあるように実は修行だったのかと気付き始め、本当にこれからはいい人生になるのではないかと、生まれて初めてそう思っている幸一が存在していた。

　これまでは、自分のことを悲観的で心配性で臆病な性格だと自覚し、さらには何もかもうまくいかない最悪の人生だと勝手にそう決め付けていた。しかし、今、幸一は考えが少しだけ変化している気がしていた。あの少年とこのノートのおかげだ。変わった気がする自分に対しての嬉しさとあの少年に会いたいという想いが足取りを軽くした。

（しかし、あのマンションに行ったところで、本当にあの少年に会えるのか？）

と、今までの人生でずっと心配性だった幸一の頭の中に余計な考えが過った。しかし、それは一瞬のこと。すぐに、

（絶対会える！　いや、絶対に会って話をしてみる！）

という考えに変わった。そうなると全く迷いもなく、自然と幸一の足はあのマンションを目指して進んでいた。

午後四時を過ぎた頃、幸一はあの少年と出会ったマンションに着いた。

(確か……あの部屋は1001号室……)

幸一はマンションのエントランスにある郵便受けを確認したが、そこには1001号室の住人の表示はなかった。

(まぁ、苗字が分からなくてもいいか……。あの少年は確かにあのドアを開けて中に入っていったんだから……)

幸一はエントランスにある呼び出しボタンの場所に向かい、一旦深呼吸をしてから慎重に「1」「0」「0」「1」と押してみた。

「ピーン、ポーン」

呼び出し音が小さなスピーカーから聞こえたが、残念ながら何の反応もなかった。

(留守か……)

幸一はその場で待っていようかとも考えたが、そんな時間がもったいなかった。

(もしかしたら、学校に行ってるかも……。近くの中学校に行ってみれば、あの少年に会えるんじゃないか……)

幸一はできるだけ早くあの少年に会いたいという気持ちが先走り、じっとしていられなかったのだ。幸一はマンションを後にすると、近くの中学校を目指し歩き始めた。その道すがら、学校帰りの中学生数人とすれ違ったが、そこにはあの少年の姿はなかった。

（もしかしたら、中学生じゃなかったのかなぁ。高校生だったのか……。いや、小学生？

そんなバカな……）

幸一はあの少年のことしか考えられずにいたが、気が付いた時にはいつの間にか中学校の校門近くまで辿り着いていた。

（ここまで来てみたけど……。どうしようか……）

その時だった。急に校門から出てきた二人組の男子中学生の一人があの少年だった。幸一は驚き、とっさに横の道へと曲がり電柱の陰に隠れると、胸の高鳴りがじっと身を潜めている幸一を襲った。すると、そのすぐそばを二人の中学生が仲良くおしゃべりをしながら通り過ぎていった。

（あーーー、びっくりした！　でも、チャンスかも……。付いていってみよう……）

幸一は心臓がバクバクしていたが、その少年の後を尾行するかのように十メートル程後ろをゆっくり歩き始めた。その時、

「おーい！　コンタ！　ちょっと待ってくれよ！」

と、幸一の背後から男の子の声がしたかと思うと、あの少年が幸一の方へ振り向いた。

（やばい！　見つかる！）

そう思った幸一は思わず下を向き、少年と目が合わないようにして、少年の横を通り過ぎ、その場から去った。あれ程あの少年に会って話をしたいと思っていたが、いざその場

面が急にやってくると、幸一はビビッてしまったのだった。

（あの少年……、コンタ……。やっぱり、あの少年、中学生だったのか……。実在していた……。良かった……）

幸一は逃げるようにしてその場から離れ、早足で歩き続けた。そして、一旦立ち止まり振り返ると、もうそこにはあの少年の姿は無かった。

（まぁ、名前が「コンタ」と分かっただけでも収穫があったな……）

幸一は少しだけでも前向きなことを考え、とりあえず今日のところは、自分の家に帰ることにしたのだった。

（コンタって……、どんな漢字を書くんだろう？　あまり聞かない名前……）

そんなことを考えながら、自分の部屋に戻った。そして、ベッドに横になっていろいろとあの少年について妄想していた。しばらくすると、

（いやいや、このまま家に居れば、今までの自分と同じじゃないか。せっかくこのノートを読んだのに、何か行動を起こさないと……。俺は昨日までの俺とは違うんだ！　やっぱり、あの少年、いやコンタさんと会って話をするんだ！）

外は既に薄暗くなっていたが、そんなことは気にならなかった。今までの幸一なら、夜だからとか、寒いからとか、雨が降っているからとか、何か理由を見つけて積極的になれなかった。とにかくできない理由を考えるのは得意だった。しかし、今となってはもう

違った。再びあのマンションを訪ねて、あの少年と話がしたい、その強い気持ちだけだった。幸一は再び家を飛び出した。そして、力強い足取りで進みながら、昨日までとは歩き方も姿勢も違う気がしていた。自分でも不思議なくらい胸を張って堂々と歩いているような感覚だった。


マンションに着いた幸一は、ドキドキしながらも、勇気を出して一階エントランスにある呼び鈴を押してみた。

「1」「0」「0」「1」

「ピーン、ポーン」

「は〜い？」

スピーカーから聞こえたのは女性の声だった。幸一はとっさに、

「あっ、あのー、すみません……、えーっと、昨日ノートをいただいた者ですが……」

と、口から言葉が出た。幸一は自分の名前を名乗るのも忘れ、あたふたしながらそれを言うのが精一杯だった。

「はいはい、今開けますねー」

その瞬間、マンションの自動ドアが開いた。

（どういうことなのか……すんなり開けてくれたぞ？）

部屋の住人は、幸一が名乗ることもなく、「ノート」と言っただけで、すんなりと受け入れてくれようとしていた。幸一は開いた自動ドアを急いで通り抜け、そそくさとエレベーターホールへ。そして「△」ボタンを押すとすぐに扉が開いた。

(昨日と同じ行動だ……)

幸一はエレベーターに乗り込み、十階のボタンを押すと、どこの階に止まることもなく、十階に着いた。そして、エレベーターホールから左に曲がって外廊下を歩いた。

(昨日と全く同じ行動……。ほんとは人生最後となるはずだったこの場所。しかし、俺は今生きている。俺の心はたった一日でこんなに違うものなのか……)

幸一は昨日のあの助かった時のことを思い出し、なんとも言えない不思議な感覚だった。そうこうしているうちに、1001号室の玄関前に着いた。しかし、まだドキドキが止まらず、幸一は一度深呼吸をしようとした。その時、急に玄関のドアが開いた。

「いらっしゃい！」

そこには、先程の声の主だと思われる女性が満面の笑みで立っていた。幸一よりもちょっと若い、三十代くらいだろうか、感じの良さそうな、見た目も綺麗で目が大きく印象的な女性だった。

幸一は挨拶しようとしたが、その女性はその間を与えることもなく、

「さあさあ、どうぞ、どうぞ入って。あなたね、昨日飛び降り……、いや太一がノートを

あげた人っていうのは……」

と、いきなり「飛び降り」という言葉を浴びせられ、幸一の身体は固まり何も言葉が出なくなってしまった。初対面の女性から意表を突かれて、幸一は頭の中が真っ白になりどうしていいのか分からないまま、玄関に突っ立ったままでいた。

「何ぼやぼやしているのよ、早く上がってよ」

と、その綺麗な女性は以前からの友達に言うように、自然な感じで幸一に声を掛けた。

「あぁ、すみません、俺はただ……。いや……、あのー……、コンタさんの家で間違いないですよね？……」

「もちろんそうよ。いいから、いいから、早く入って」

その女性は手を伸ばし、幸一の腕を引っ張るようにした。幸一は女性に触れられドキッとしながらも、慌てて靴を脱いだ。すると、その女性は玄関を入ってすぐ左にある部屋のドアを開け、幸一をその部屋へと無理やり押し込めると、さっさと部屋のドアを閉めてしまった。

その瞬間、勉強机の椅子に座っているあの少年の後ろ姿が幸一の目に入った。しかし、その少年は窓の方を向いたままで、幸一の方を振り向いてくれなかった。

（なぜ、こっちを見てくれないのか？　俺の存在に気付いているはずなのに……）

幸一は想定外の状況に戸惑っていた。

（どうしよう……。声を掛けていいのか……？）

ここに来るまでのあの強い意気込みは、完全にどこかへ消え去っていた。すると、少年は勉強机の椅子に座ったまま、クルリと椅子を回して幸一の方を向いた。

「こんばんは、お父さん」

「あっ、こ、こんばんは……」

と、幸一は慌てて挨拶し、

「いや、俺、お父さんじゃないです……」

と、言うのが精一杯であった。

その少年はニヤニヤしながら、

「まぁ、そんなことより、ボクはコンドウタイチ。よろしく」

「えっ？　コンタさんでは？……」

「ああ、それはあだ名。コンドウの『コン』とタイチの『タ』で、『コンタ』。みんなはボクのことをそう言うよ。お父さんもコンタって呼んでね」

「は、はい……。コンタさんですね……」

「さん、なんて……。コンタって呼び捨てか、せめてコンタ君でいいよ」

「呼び捨てはさすがに……。コンタ君ですね」

「まぁ、それでもいいけど……。ボクは今年中学生になったばかりの十三歳だよ。お父さんは？」

幸一は初めて会話を交わした目の前の中学生に、主導権を完全に握られてしまった。そして、三十歳近くも年下の少年を前にあたふたし、緊張のあまりなかなか言葉が出てこなかった。

「あぁ……、藤盛幸一と申します。四十一歳です。俺、あなたのお父さんでも、誰かのお父さんでもないです……。結婚もしてないですし……」

幸一はどうにか名乗ることができ、そして、「お父さん」と言われたことに対して、なんとか否定することができて、少しだけ落ち着きを取り戻した気がした。

「そんな突っ立ってないで、その椅子に座ってよ、藤盛さん」

「あぁ、すみません……」

と、ボーッと突っ立っている幸一を座らせた。幸一は藤盛さんと呼ばれたことに、とりあえずはホッとしたのだった。

幸一は勇気を振り絞り、ようやくお礼の言葉を発した。

「ほんとにありがとうございました。おかげで今こうしてここにいます。コンタ君のおかげでこうして……」

そう言いながら、幸一は思わず涙声になったが、そこはグッと我慢した。

「いやいや、ボクのおかげだなんて……」

「あの時、何が起きたか分からなくて……。気付けばコンタ君がノートを……」

「ねえ、ボクが書いたノート読んでくれた？」

「もちろん、読みましたよ」

と、言いながら幸一はカバンの中からノートを取り出し、改めてコンタの前に見せた。

「このノート、やっぱりコンタ君が書いたんですか？」

「そうだよ」

幸一は当然のことのように言うコンタを見て、

(この少年、ほんとに中学生なのか……？)

と、半信半疑だった。

「いやー、あの内容は、俺にとって心にグサッと刺さる言葉ばかりで……」

「そりゃ、そうだよ。藤盛さんの為に書いたんだから……」

「えっ！　ちょ、ちょ、ちょっと待ってください。俺の為に？」

「そうだよ。だから、藤盛さんにあげるよ」

「このノート、もらっていいんですか？」

「もちろん」

「あ、ありがとうございます……」

幸一はお礼の言葉を言ったが、ただただ驚くばかりで、次の言葉が出てこなくなってしまった。心中では、コンタは一体何者なのか、なぜお父さんって言ったのか、なぜノートをくれたのか、と、ここに来るまではいろいろ訊いてみようと考えていたが、今、幸一の頭の中は真っ白。何一つ言葉が出てこなかった。

すると、コンタは、

「藤盛さんって、昨日死のうとしてたよねぇ？」

と、またもや幸一の触れられたくないところを突いてきた。

「あぁ……、いやぁ……」

「そうじゃないにしても、飛び降りようとしてたよね？」

「は、はい……。まぁ……」

「ほんと危なかったね。死ぬところだったよ……」

「いやー、ほんと……。助けてもらって……」

「もう、落ち着いたの？」

「は、はい……」

「もう死にたいなんて思ってない？」

「もちろんですよ」

「じゃあ、良かった」

「昨日は自分でも何が起きたか分かりませんでしたが、コンタ君のノートを読ませてもらって、自分の愚かさに気付きました」

　幸一はようやくまともにしゃべれるようになった。

「そうか。それは良かったぁ。ボクも何年も掛けて書いた甲斐あったよ」

「えっ？　何年も？」

「そりゃそうだよ。あれだけのことを書こうと思ったら、結構掛かるもんだよ」

「いやー、信じられないです。コンタ君が書いたとは……。中学生で……」

「まぁ、そんなことより、これから生きていくんだから、もう大丈夫だよね？」

「は、はい……」

「今仕事は？」

「はい……、今無職で……」

　幸一は恥ずかしそうに小声で答えた。

「じゃ、今日家に帰ったらすぐ職探しを始めた方がいいよ。そのノートを読んだということは、昨日までの藤盛さんとは違うから……。でも、一つだけ覚えておいて。職を探すにあたって、名の通った会社だとか、世間体なんて一切考えないこと。世の中にはいろんな会社があって、いろんな仕事があるんだから……、分かりましたか？」

「は、はい」

　幸一はそう応えるのが精一杯であった。すると、部屋のドアがノックされ、さっきの女性が入ってきた。

「タイチの母、コンドウエミです。笑うに美しいって書いてエミって言うの。自分で美しいなんて、ちょっと恥ずかしいけど……、名前通り、ほんとにいつも笑ってばかりいるの。ウフフフフ……」

コンタの母が入ってきただけで、その場がパッと明るい雰囲気に包まれ、さっきまでの重苦しい空気が一変した。幸一はあまりにも明るく自己紹介するコンタの母に圧倒され、今度はまた先程とは違った緊張感を持った。

「藤盛幸一と申します」

「藤盛さんね。さぁ、さぁ、話は終わった？　ご飯の準備ができたわよ。あなたも食べていって」

「いやいや、とんでもない。俺はただお礼が言いたくて……」

「いいのよ、遠慮しなくて」

幸一はコンタの部屋まで美味しそうな料理の匂いが漂ってきていることに気付いた。こんな時間に人の家を訪ねるのは、失礼だったと今更ながら自分の無礼さを反省した。

「ほんと、すみません。こんな時間に……」

（やばい、やばい……。いきなり一緒に食事なんてできない……）

幸一は自分のことしか考えてなかったことに気まずくなり、ノートをカバンに入れると

慌ててコンタの部屋から出た。そして、玄関にある自分の靴をさっさと履き、

「今日は突然お邪魔してしまって、すみませんでした……」

と、申し訳なさそうにしながら挨拶を済ませ、急いで玄関ドアを自ら開けた。

「あら、ほんとに帰っちゃうの？」

幸一は笑美から訴えかけられるようなキラキラした目で見つめられると、まともに笑美の顔を見ることができず、下を向いたまま答えた。

「は、はい。さすがに夕食をごちそうになるのは……」

「藤盛さん、また来てよね」

コンタはニコニコしながらそう言ったが、幸一はその笑顔に応えることができなかった。

「は、はい……」

「アタシも待ってるわよ」

「はい、また今度……日を改めて……」

幸一はそう告げると逃げるようにして、コンタの家を後にしたのであった。

（知りたいことのほとんどが質問できなかったなぁ。しかし、コンタ君って何者なんだろう？　さらに謎が深まってしまった……。あっ、しまった！　連絡先教えてもらうの忘れた！　まだまだ沢山知りたいことがあるのに……。またもや突然訪問するしかないか……。うわーー、まずいなぁ。やっぱり俺って……）

幸一はあの時緊張してうまくしゃべれなかったこと、慌ててコンタの家から出てきたことなど、先程の自分の行動を思い出し、あの二人に悪い印象を与えたのではないかと落ち込み嫌な気分になってしまった。

そんな重い気分のまま家に到着し、自分の部屋に戻ると、またもやあのノートを取り出し、初めから読み返すことにした。数分間読み続けると、徐々に元気を取り戻していることに幸一は気付いた。

(やっぱり、このノートは俺の為に……。ということは以前から俺のことを知っていたということか……どういうこと？　コンタ君……。やっぱり謎の少年だ……。しかし、コンタ君のお母さんは美人で明るく素敵な人だったなぁ。あんな人がお母さんだったらいいよなぁ……。コンタ君のお父さんって、どんな人だろう……。もしかして、さっき出てこなかったけど、リビングに居たのか？)

幸一の頭の中は、あの家族のことで一杯だった。そんなことをただただ妄想していると、ただただ時間だけが過ぎていった。と、そうこうしているうちに、幸一はコンタに言われたことを思い出した。

(そうだ。コンタ君から言われたように、職探しをしなくちゃ……)

幸一は早速パソコンに向かい、転職サイトでの職探しに取り掛かった。

(やっぱり、俺が働きたいと思うような会社は無いよなぁ……)

と、思った瞬間。

『株式会社てん書房』

「未経験者大歓迎」「面接、社長の一回のみ」「一名採用」「人物重視」

「業務にこだわらず何でもやるという意欲のある人」

いきなり幸一の心に突き刺さる求人を見つけた。以前の幸一ならば、見向きもしなかった社員数名の会社。幸一は不思議とその求人に目を止めた。最初は面接が社長の一回だけで済むのであれば、という安易な考えが頭の中を過ったが、よく見てみると、未経験者もOKだし、人物重視ということも気になったからだ。もしかしたら自分の真面目な性格を評価してくれるかもしれないという妄想が膨らんだのであった。全く聞いたこともない零細企業だったが、コンタから言われたように、そんなことは気にしないようにした。

幸一は自分の履歴と経歴を転職サイトに入力し、早速、応募すると次の日には返事がきた。それからその会社の山村という人物との数回のメールのやり取りで、あっさりと面接の日程が決まったのであった。

数日後、指定通り面接に行くと、かなり古そうな雑居ビルの三階に会社があった。

(えーーー、こんなビルにある会社か……。このビル、築何年だ？　大丈夫かなぁ)

幸一はビルの外観を見ただけで、一気にテンションが下がってしまったが、せっかく電車代を払ってまでここに来たので、今更引き下がれなかった。それよりも幸一の真面目な性格からして、面接の約束を守らないというのは選択肢になかった。幸一はあまり気が進まなかったが、ビルの一階エントランスに入り、エレベーターに乗った。それは今にも壊れそうで不安になる程のものだったが、無事に三階に着いた。幸一はエレベーターを降りると、開けっ放しのドアに『株式会社てん書房』と書いてあるのを見つけ、恐る恐る事務所の中を覗いてみた。そこには受付らしきものは無かったが、中年女性がパソコンに向かっているのが見えた。

「失礼します。藤盛と申します。面接に参りました」

「あー、面接ね。どうぞこちらへ……」

その女性は慣れた感じで応接室に案内してくれた。小さな会社だが、一応出版社ということもあり、事務所を入ってすぐのところには会社から出版されたと思われる本がずらりと並べられていた。ただ、事務所内の社員が居るデスクの方を見ると、整理されてない書類や雑誌などで溢れ返り、いかにも年数が経った会社である気がした。

幸一は応接室に入ったがソファーに座らず直立姿勢で待っていると、そこに六十歳過ぎくらいと思われる白髪の男性が一人で入ってきた。

「やぁやぁ、こんにちは。この会社の代表をやっている山村です」

（山村さん……。メールの相手は社長だったのか……）

幸一の緊張は一気に増し、深々と頭を下げた。

「ワタクシは藤盛幸一と申します。本日はよろしくお願い致します」

幸一は社会人になった時からずっと仕事上では自分のことを『ワタクシ』と言っていた。こんな時でも幸一の真面目な一面が垣間見え、初めて会った人でさえも、それがすぐに分かってしまう程だった。二人はソファーに面と向かって座ると、山村社長は履歴書に目を通した。数秒の沈黙が続いた後、社長は幸一のことをまじまじと見て、また履歴書に目をやった。幸一は黙ったまま、ドキドキが止まらなかった。すると、突然社長がこう言った。

「藤盛さん、うちのような小さな会社に面接に来てくれてありがとう。明日からよろしく頼みますよ」

「えっ！」

幸一は急に意表を突くことを言われ、思わずそう口走ってしまった。

「明日からうちの社員として頑張ってください。採用です」

全く予想外の言葉だったが、幸一は即座に、

「こちらこそ、よろしくお願い致します」

と、応えた。するとすぐに、山村社長は幸一に握手をしてくれたのだった。

ものの一分間程の面接であった。幸一はこれまでほとんど書類選考すら通過しない自分

に嫌気がさし自信を無くしていたが、今回ばかりは今までとのあまりの違いに驚いた。

（まさか、一発で合格するなんて……、こんなこともあるんだ……）

と、合格した喜びよりも、驚きと疑問が入り交じって不思議な感覚に陥った。

幸一はあのノートを手にして以来、漠然とだがこれからの人生がうまくいくような気がしていた。

（人生これからだ！）

あのノートに書いてあったフレーズがパッと幸一の頭の中を駆け巡ったのであった。

第三章　衝　撃

　幸一は新しい職場で働き始めると、今までとは違った新鮮な気持ちで、毎日を過ごすことができた。前向きな気持ちとやる気に満ち溢れ、自分自身でも生まれ変わったようだと感じていた。

（これも、コンタ君のおかげだなぁ。ありがとうございます……）

　何か嬉しいことがあるにつれ、そんな感謝の言葉が自然と頭に思い浮かんだ。と同時に、なぜか笑美のあの明るい笑顔も頭の中に思い浮かび、心が晴れやかになるのであった。

（あれから一カ月か……。今度の土曜日は休みだし、また、コンタ君に会いたいなぁ。コンタ君に就職できたことのお礼も言わなくちゃ）

　そう思うと、土曜日が待ち遠しくて仕方がなかった。仕事はというと、幸一は今までに経験したことがない業務ばかりをこなしていた。会社の雑用はもちろん、事務や営業の仕事まで、とにかく分け隔てなくできる事は何でもやるというスタンスで取り組んだ。職場は親分肌の山村社長を筆頭に明るい雰囲気で、少数精鋭だがまとまりのある会社だった。まだ仕事を始めて間もないが、ここなら長く勤めることができそうだと幸一は感じていた。

（ほんと、いい社長、いい会社に出会えて良かった……。こんな会社があったんだな。今まで悩んでいた俺は一体何だったんだ……）

金曜日の仕事が終わると、明日コンタの家に行くということが頭から離れず、楽しみで仕方がなかった。ただ、幸一は今更ながら思うに、ケータイ番号かメールアドレスか何か連絡方法を聞いておけば良かったと後悔した。幸一は当たり前のことさえ思いつかなかったことに、この前は頭がパニックになっていたんだなぁ、と改めて思い出した。

土曜日、幸一は朝早く目覚めた。

（いよいよこの日がやってきたぞ。でも、家族で楽しく過ごしているのかも……。休みの日だったら、お父さんも居るかもしれないなぁ……）

突然の訪問はコンタも笑美も困惑するだろうと、幸一は想像しながらも、ワクワクが止まらなかった。本当は朝八時くらいにでも出かけたいところだったが、さすがにそこはグッと我慢した。幸一は逸る気持ちを抑えて、訪問時間に関しては気を使った。

（今度は食事の用意をされないようにしなくちゃ……）

昼ご飯を食べて少し時間が経ってからだったら、訪問しても大丈夫だろうと、いろいろ考えながら、その時を楽しみにしていた。結局午後一時頃になると、居ても立ってもいられず家を出た。

（あっ、そうだ。ケーキでも買っていこう……）

幸一は近くのケーキ屋に立ち寄り、上機嫌でコンタの家に向かったのだった。

幸一は今回もドキドキしながら、呼び鈴を押した。

「ピーン、ポーン」

「は〜い」

（また、コンタ君のお母さんだ）

「藤盛です。またもや突然すみません」

幸一の緊張は度を増したが、今度は冷静に応えることができた。

「は〜い、どうぞ」

笑美の声と同時にマンションの自動ドアが開いた。

（相変わらず明るい声だなぁ）

幸一はまた会えると思うとウキウキした気分になったが、この気持ちがコンタに対してではなく、笑美に対しての感情であることに自分で気付いていた。

「こんにちは。すみません、また、お邪魔してしまいました」

「あら、いいのよ。入って、入って」

「お邪魔します。これどうぞ……」

「あら。ありがとう。ここのケーキ美味しいんだよねー」

幸一はそんなことを言われ、嬉しくて顔がにやけているのが自分でも分かった。

「さあ、どうぞ。奥の部屋に……」

今回はコンタの部屋ではなく、いきなりリビングに通された。

「太一、今留守にしているのよ〜」

「えっ？」

幸一はてっきりコンタが居るものと思い込んでいた。と同時に、

（お父さんが居なくて良かった……）

と、リビングに父親の姿がないことにホッとした。

「どうぞ、どうぞ。そこのソファーに座って」

「あ、はい。ありがとうございます。すみません。また突然来てしまって……」

「いいのよ。丁度良かったわ。アタシも暇だったし……」

「そう言ってもらうと……」

「太一、ついさっき出ていったばかりだから、まだ帰ってこないわよ。あなた、太一のことが気になって仕方がないでしょ」

「は、はい。疑問だらけで……。訊きたいことが沢山……」

「そうでしょうね。あのノートをいきなりもらったんだもんねぇ」

「は、はい」

「いいわよ。アタシが太一のこと教えてあげるわよ」

「あ、ありがとうございます」

幸一はホッとしたと同時に、何から訊こうかと一瞬迷ったが、とっさに出た言葉はお礼の言葉だった。

「コンタ君のことは、命の恩人だと思っています。ほんとに感謝しています」

「そんな命の恩人だなんて、大袈裟ね。それより藤盛さん、なんだか他人行儀だから、幸一さんって呼ばせてもらうわよ」

「は、はい」

幸一は女性から下の名前で呼ばれた経験がなく、嬉しいような恥ずかしいような初めての感覚を味わっていた。

「幸一さんのことは、アタシも太一から聞いていたのよ」

「えっ？　俺のこと知ってたんですか？」

「この前、太一もそう言ってなかった？」

「いや……。でも、ノートを俺の為に書いてくれたって……」

「ああ、そうね。不思議でしょ。そんなこと言われれば、そりゃ誰でも驚くわよねぇ」

「はい……」

「ちょっと、長くなるわよ。アタシの話。誰にも言ってない、っていうか誰にも言えない話だから……」

笑美は今までの笑顔が一変し、真剣な眼差しでしゃべり始めた。その顔を見た幸一は、何かただ事ではない雰囲気を感じ取り、緊張して背筋がピンと伸びてしまったのだった。

「太一は幼い頃、そうねぇ、三歳くらいかなぁ、その頃から頭が良くて、この子は周りの子供とは違うなぁって感じていたの。親バカというのもあるかもしれないけど、天才じゃないかと感じることが多かったのよ。一度教えたことはすぐに覚えるし、四歳くらいで文章を書いたり、掛け算なんかもできたりして……。信じられないかもしれないけど。まぁ、太一のお父さんも子供の頃から頭が良かったとは聞いていたから、遺伝かなとも思ってはいたんだけど、やっぱりそれ以上じゃないかなぁ、なんて思っていたのよ」

(だから、あの文章も書けたんだ……)

と、幸一は話を聞きながら少しだけ納得した。

「それで、あれは忘れもしない、八年前のゴールデンウィーク最終日に事件が起きたの……」

と、笑美が言った瞬間、幸一はドキッとした。

(八年前のゴールデンウィーク？　それは俺がこの場所で一回目の自殺をしようとしていた時じゃないか……？)

幸一はそんなことを思い出しながらも、黙って話を聞いていた。笑美はそんな幸一のことは全く気にした様子もなく淡々と話を続けた。

「お昼ご飯を食べ終わって、『みんなで買い物に行こうよ』とアタシが言うと、主人は『いや、俺はやることがあるから……』って。だから、アタシは五歳になったばかりの太一を連れて、買い物に出かけたの。一通り買い物をして、アタシは両手にスーパーの買い物袋を持って、マンション一階から太一とエレベーターに乗ったのよ。すると、太一が『早く、早く』ってアタシを急かせるように言い出したかと思うと、急に落ち着かなくなったの。まだエレベーターは動いているのに『開』ボタンを何度も押したりして……。それで、エレベーターが十階に着いたら、ドアが開くと同時に、一人で走って廊下に出ていったのよ。アタシは『太一！　危ないから走らないで！』って叫んで、太一を追いかけるように、エレベーターホールから廊下の方へ左に曲がったの。すると、五、六メートルくらい先の廊下に太一がうつぶせで倒れていたのよ。アタシは慌てて太一のところに駆け寄って、『太一！　太一！』って叫んで、抱きかかえたけど、反応がなくて……」

「えーーー？」

「この階のマンションの住人が部屋から出てきて救急車を呼んでくれたわ。それでアタシは慌てて主人を呼びに部屋に戻ったら、主人がいないの。パニックになりながらも、太一と一緒に救急車に乗ってそのまま病院に行ったの。その間ずっと太一の意識は戻ることがなくて、アタシもどうしていいのか分からず、涙は出るわ、主人のケータイに何度電話しても出ないわ、で、ほんとパニック状態だったの。太一が集中治療室に入って、その間中、アタシは主人のケータイに何度も電話したけど、全く出ないの。その時は主人に対して、こんな時に何やってんのよ！　って怒りさえ覚えたわ」

するると、笑美の顔がさらに険しくなった。幸一はドキドキしながら嫌な予感がして、顔が引きつっている気がしていた。しかし、笑美はそんなことおかまいなしで、また話の続きをしゃべり始めた。

「それで……、夜遅くになっても、まだ太一の意識が戻らなかったの。アタシはずっと泣きながら心配で心配で、胸が張り裂けそうな思いで、病院の待合室に居たのよ。ほんと生きてる心地がしなかったわ。そしたら、突然、知らない番号からアタシのケータイに電話がかかってきたの。『こんな時に誰かしら？』って思いながら恐る恐る出たの。そしたら、警察からで……、『ご主人が亡くなられました』って……」

「えーーー？」

幸一は思わず大きな声を発してしまった。

「アタシ、そのままその場に倒れ込んだらしいんだけど……。その後のことは何も覚えていないのよねぇ。その後、すぐに太一の意識は戻ったらしいんだけど、アタシ、何も思い出せなくて……。警察の電話以降、一年以上記憶があいまいなのよ。思い出そうとしても、ぼんやりしていて思い出せないの。主人のお葬式もきちんとやったらしいし……。後から話を聞いても、お葬式の時、きちんとしっかりしていたって言われるんだけどねぇ。太一のこともちゃんとアタシ独りで面倒を見て、幼稚園の卒園から小学校入学といろいろイベント事もきちんとやっていたらしいの。でも、今思い出してもあんまり記憶がないのよねぇ。ただ、その期間の記憶がないだけで、今はもう問題ないのよ。というわけなの。ちょっとびっくりさせてごめんなさいねー」

「い、いやぁ……」

「それでさぁ、実は……、主人、自殺だったの……」

「えーーー？」

「それもここの玄関前から飛び降りたのよねぇ……」

その時、幸一の背中にゾゾッとするものが走り、急に鳥肌が立った。

(まさか！)

幸一は八年前のゴールデンウィーク最終日のあの光景を鮮明に思い出した。

(あの時、ここでタバコを吸っていた男性。まさかあの男性がコンタ君のお父さん？　俺が飛び降りしようとしたこの場所で……。俺が断念してその場を去った後……。あの後……。まさか……)

「ちょっと待ってください。ここから飛び降りされたんですか？」

「そうなの」

「……」

幸一は言葉が出なかった。

（もしかして、俺……、コンタ君のお父さんが生きている姿を見た最後の人物なのか……）

幸一はそんなことを思いながら、黙って下を向いていると、笑美は話を続けた。

「ただ、いつだったか自殺って知らされた記憶はあるんだけれど、それもぼんやりとしか覚えていないのよねぇ。とにかくショックで、ショックで……。ただ、自分を責めてた記憶だけはあるの……。でもあまりにも衝撃が大き過ぎて、そんな時って、人間記憶が飛んでしまうみたいね……」

「そうなんですね……」

「アタシに原因があるんじゃないかとか、アタシに言えなかった悩みを抱えていたのだろうかとか、いろいろ悩んで落ち込んで仕方がなかった記憶だけは残っているのよ……」

「あのー、すみません。変なこと聞きますが、ご主人って、タバコ吸ってました？」

幸一は恐る恐る訊いてみた。

「ええ、吸ってたわよ。よく玄関の外の廊下でね。それがどうかしたの？」

「い、いや……」

それを聞いた幸一は、改めてあの時の光景を思い出し、恐怖にまみれた寒気が背中から身体全体を襲った。幸一は何も言えなく黙っていたが、笑美はさらに話を進めた。

「ほんとアタシの人生で最悪の時期だったと思うの。でも、不思議と生活はしてきたし、太一にご飯もちゃんと作っていたみたいなの」

「それは大変でしたね……」

「でも、記憶はあいまいだけど、いつも太一がアタシを励ましてくれるような言葉をかけてくれていたのよねぇ。アタシが気付いた頃の太一、まだ小学一年生だったけど、哲学の本やら、心理学の本やら、仏教の本やら、大人でさえも難しい本を図書館で借りてきて読んでいたのよ。びっくりするけど……。それで、アタシは太一に母親らしいことを全くしてあげてないことに気付き始めて、ある時突然我に返ったという記憶があるのよねぇ。アタシが知らない間に、太一は随分成長していたのよ。アタシって、以前までは明るいお母さんだったのが、泣いてばかりいるお母さんになってしまっていて……。おそらく太一も、そんなアタシをなんとかしようと、頑張ったと思うの。とにかく、太一は本で学んだのか、どこで得た知識か分からないけど、いろいろ生きる上で大切なことをアタシに教えてくれるようになったのよ」

「へー、それは凄いですねぇ」

「いつも太一は、『お母さん、大丈夫だよ。ボクを信じて』って、常にアタシを励まし続けてくれたわ。そのあたりからアタシは、徐々に元気を取り戻して、ご覧の通り、こんなに明るい性格に戻ったというわけなのよ。以前よりもっと明るくなった気もするわ。へへヘッ……。元気を取り戻したら、もう主人が亡くなったこともいいように考えるようになってね。おかげでこのマンションのローンも無くなったし、遺族年金ももらえるし、生命保険に入ってたからね……。主人のおかげでこんな暮らしができるっていうわけよ。だから、アタシもパートくらいの稼ぎで生活が成り立つのよ……。まぁ、主人には感謝してるわ。へへヘッ……」

笑美はさっきまでの険しい表情から脱し、やっと笑顔になって明るい雰囲気に戻った。幸一も一応はホッとしたが、どうしても、コンタの父親のことが頭から離れなかった。かといって、自殺した人のことをいろいろ訊き出すのも悪い気がして、何も言えずに黙って下を向いていた。すると、

「ちょっと、衝撃的な話をしてしまってごめんなさいね……」

と、笑美は言いながら、幸一の前に一枚の写真を差し出した。コンタがまだ幼い頃、家族三人で写っている写真。それを見た瞬間、幸一の背筋が一瞬で凍り付き、血の気が引いた。さらにはゾゾゾッととんでもない寒気が身体全身を襲った。幸一の心臓はドキドキし、表情からは動揺が隠せなかった。

「どうかしたの？」

「い、いや……」

（健太だ。コンタ君のお父さんは……健太……今東健太！　俺の中学の時の……）

その写真にコンタと笑美と一緒に写っている人物は健太だということが、幸一には一目で分かった。いくら何年間も会ってないと言っても、親友の顔を忘れるはずもない。幸一は言葉が出なかったが、目を見開いたような驚いた表情になった。笑美は幸一の急変した表情をじっと見つめ、そして、ほほ笑みながら、

「分かったみたいねぇ、そうよ」

と、幸一が考えていることを見透かしているかのように言い放った。

「健太……」

幸一は恐る恐るその名前を発した。

「びっくりしたでしょ？」

「コンドウって苗字、今《いま》に東《ひがし》って書くんですね」

「そうよ」

「俺、てっきりよくある近《ちか》い藤《ふじ》って書く苗字かと勝手に思っていたけど……」

「そうね。今に東って書いてコンドウよ」

「いや、いや、びっくりどころの話じゃないですよ」

「ほんとよ。これ見て」

と、今度は結婚式の時の写真を幸一に見せた。やはりそこに写っているのは、どう見て

も健太だった。幸一の頭はまたもやパニック状態で、何が何だか訳が分からなかった。

「俺のこと知ってたって、言ってましたけど、俺と健太が中学時代の親友だったということ、知っていたんですか？」

「もちろん。マジモリ君ね」

「えっ？　あだ名まで？」

「そうよ。まだ新婚だった頃、まだ太一が生まれる前よ。中学生の時の思い出話をよくしたのよ。それであなたのことは聞いていたの」

「でも、なんで？　この俺が藤盛だと分かったんですか？」

「そう、不思議でしょ。それは……。ちょっとややこしい話になるから今度、太一に訊いてみて」

「えーーー、そんな……」

「アタシだって、よく分からないわ。太一に教えてもらったんだから……」

（こんなことって、世の中にあるんだ……）

幸一は初めての経験に恐ろしさと戸惑いを感じ、何かとんでもないことに巻き込まれたような気もした。そう思うと、さらに恐怖感が増し、ここに来るまでのウキウキ感は全く消えていた。ショックというか、そんなこと知りたくなかった、という気持ちも湧き出てきた。本当に自分の人生が何かとんでもない方向に変わった、いや急に変わり過ぎたとも感じた。

それで、笑美はというと、全くの平常心のようで、明るい表情でいた。幸一はもっと健太のことやコンタの不思議な話を聞きたいという気持ちもあったが、それよりもこれ以上、笑美の話に付き合うのが堪えられなくなり話題を変えた。

「今日、コンタ君は？」

「あー、太一ね。おそらく今日も図書館に行ってると思うわ。いつも本ばかり読んでいるのよ。勉強は全くしないけど、とにかく本ばかり読んでいるの。大人顔負けよー。アタシなんか難しくて全く読めない哲学の本なんか、すらすらと読んでしまうのよー。新聞も毎日読んでるからニュースにも詳しいわよー」

「へー、凄いですねー。だからこのノートも、この歳で書けたんですね。俺、しっかり読みましたよ。笑美さんも読んだんですか？」

「あー、それね。アタシもしっかり読ませてもらったわ。アタシを励ましてくれた時によく言っていた事なんかも書いてあって、とてもアタシの息子が書いた文章だとは思えなかったわ。でも、そんなこと抜きにして、何度も読むうちにアタシ、こんなに元気になったんだから……。必要以上にね。あまりにも明る過ぎて周りの方が心配するくらいよ、ハハハハハッ」

笑美はそう言いながら、自分で笑っていた。

「太一はアタシの息子だけど、アタシにとっても命の恩人と言ってもいいくらいだわ。あの頃のアタシって、ほとんど死人と同然のようなものだったから……。太一が書いているように、地獄に居たようなものだった……。そんなアタシを救ってくれたのも、太一なのよね。いろいろ人生について教えてくれて、アタシもここまで生きてこられたわ。ほんと感心するわー。アタシの子供じゃないみたい。あまりにも賢過ぎて。もう完全にアタシより大人よ。まぁ、アタシの息子でもあり、アタシのカウンセラーってとこかな？」

「いやー、俺にとっても恩人ですし……。俺もコンタ君にいろいろ人生について教えてもらいたいです。俺もコンタ君にカウンセラーになってほしいくらいですよー」

「そんなこと、簡単だわ」

「えっ、ほんとにいいんですか？」

「太一も喜ぶと思うわ。人の役に立てるっていいことじゃない？」

「今日はコンタ君に会えなかったから、また今度お邪魔していいですか？」

「もちろんよ。あっ、そうそう、連絡先。教えてちょーだい」

「あっ、すみません。俺もこの前、訊くの忘れてしまって……。だから、また今日も急にお邪魔してしまって申し訳ないです」

「うちは全然構わないわよ。はい、これ。アタシのケータイ番号とメールアドレスね。太一はまだケータイ持ってないから……。何か用事の時はアタシに連絡してね。ウフフフフ……」

「ありがとうございます。はい、これが俺の番号とアドレスです。でも、今日は笑美さんから話を聞けて良かったです」

「あら、そう？　あまりにも衝撃的な話をしてごめんなさいねー。でも、いつかは知ることになったと思うから。しかし、ちょっといろいろ一気にしゃべり過ぎたかなぁ。ウフフフフッ」

　幸一は家に帰ってからも、ずっと今日の笑美の話が気になって仕方がなかった。

（まさか、あの健太が……、コンタ君のお父さんだったなんて……。偶然にも程がある……。そんなことより、あの時、俺は健太を見たのに、なぜ気付かなかったのか……。気付いておけば、声を掛けたか……。いや、あの時は俺も自殺しようとしていたし……。やっぱり昔のように、顔を合わせないように逃げていたに違いない……。俺の嫉妬が邪魔をして……。でも、そんなことで人の命を救えなかったんだ……。俺ってやっぱりダメ人間だ……）

　そんな後悔をしながら、あの場面のことを思い出していた。

（しかし、あのエリートだった健太がなぜ……。自殺なんかを。あんなに魅力的な奥さんとあんなに出来のいい息子がいながら……。なぜなんだ……？）

こんな疑問が幸一の頭の中をグルグルと駆け回り、なかなか寝付けなかった。

（あの家族……、謎が多いなぁ……。しかし、コンタ君に訊きたいことがまた増えてしまったよ……。ほんと、コンタ君って何者なんだ……？）

結局、幸一は笑美との会話のことやコンタのこと、さらには自殺した健太のことが、次から次へと頭の中を駆け巡り、気が付くと朝になっていた。

（やっぱり、このままじゃ頭の中が悶々として何もできやしない。どうしてもコンタ君に話を聞きたい。今日は日曜日だし、連絡してみよう。せっかくメールアドレスを教えてもらったことだし……）

そう思って午前中に連絡を取ると、笑美は快く会う約束をしてくれた。幸一は二日連続で家を訪ねることに、なんだか図々しいような気がしていたが、その気持ちよりこの悶々とした気持ちを処理することの方が大事だった。


「ほんとすみません、またお邪魔してしまいました」

「いいのよ。遠慮しなくて……。フフフフッ」

「これどうぞ。昨日とは違う種類のケーキだけど、何を買ったらいいか分からなくて……」

「あら、ありがとうー。嬉しいわー」

昨日と同じように、笑美は優しい笑顔で幸一を迎えてくれた。そして、またもや幸一は笑美に「ありがとう」と言われ一気に気持ちが高ぶった。笑美は幸一を太一の部屋に案内し、そっとドアを閉め二人きりにさせてくれた。

「こんにちは。また来てしまいました」

「こんにちは。待ってたよ。藤盛さん。昨日、お母さんからいろいろ話、聞いたでしょ」

「はい。でもー、話が衝撃的過ぎて。ほんと昨日は……、家に帰ってもいろいろ考え過ぎて夜も眠れなかったんです」

「ハハハハハッ、そうなの？　それはお気の毒様」

「いやー、いろいろコンタ君に訊きたいことがあり過ぎて何から話せばいいのか……」

「ボク、何でも話すよ」

幸一はいざしゃべろうとすると緊張し始め、一瞬言葉に詰まったが、またもやお礼の言葉を口にした。

「じゃ、まず改めて、ほんとあの時は助けてくれてありがとうございました。コンタ君のおかげで今こうして……」

と、幸一が言い出すと、コンタは真剣な顔で、

「ボクのおかげじゃないよ」

と、幸一の言葉を遮った。

「いやいや、俺、飛び降りる寸前でしたよ」

「そりゃそうだけど……。そんなこと、いいの、いいの。そんな過去のことは……。それより訊きたいことって何？」

「あっ、助けてくれた時、俺のこと、お父さんって言ってましたよね？」

「言ったよ」

「どういうことですか？」

「えー、そんなことが一番に訊きたかったこと？」

「いやいや、いろいろあるけど、俺がお父さんって、何かの間違いなのか、何なのか、訳が分からなくて、その時はいろいろ悩んだというか、考えたというか……」

「それで、どう思ったの？　答えは出たの？」

「いやー……」

「へへヘッ。そうでしょ。答えは出ないよねぇ。だって、適当に言っただけだから」

「えーーー？」

「藤盛さんがどういう反応をするのか、ただ試してみただけなんだよ」

「えーーー、あの状況で？」

「ごめんなさい」

「俺、自殺しようとしてたんですよ」

「そうだね」

「いやー、悩んで損したなぁ」

幸一は少し緊張がほぐれた気がした。

「ねぇ、ボクが一生懸命書いたノート、読んでくれたんでしょ」

「はい」

「その五番目のタイトル、『事実か？　推論か？』ってのが書いてあったでしょ。そこに、推論で悩んではいけないって書いたんだけど……。事実でもないことで、あーでもない、こーでもないって、独り悶々と考えても答えなんか出ないんだから」

「えーーー。俺、試されてたんですか？」

「ごめんね。でも、そういうこと。ただ読んだだけでは、まだ頭の中にインプットされていないということだね。だけど、もう分かったでしょ。推論でいろいろ悩んでも無駄だということが……」

「いやー、参りました」

幸一はちょっとホッとした気分になった。

「てことは、お父さん、って俺に言ったのは、ほんの冗談みたいなものだったんですね」

「そうそう。ほんとそんな冗談で悩ませてごめんね」

「いやいや、ほんとまた一つ勉強になりました」

（ノートを読んで、自分は変わったと思っていたけど、まだまだ俺は未熟者だな）

と、反省しながら、幸一はコンタの凄さを改めて知らされたのであった。

「ほんと、推論で悩むことって人生において結構あるから、気を付けた方がいいよ。ボクのお母さんも、お父さんが自殺した時、その原因を探し出そうとして、あれこれ独りで悩み苦しんでいたんだ。毎日のように泣いていたんだよ。そりゃボクだって、お父さんがいなくなったんだから悲しかったよ。でも、お父さんはもういないし、原因なんて分かるはずもないでしょ。それなのに、ボクのお母さんはそれを一生懸命考えていたんだ。本人はあまりにも苦しみ過ぎて覚えてないって言うけど……。でも、そんなことしても無駄でしょ。もし、分かったとしてもだよ。分かったとしても、もうお父さんがいないという事実は変えられないんだから……。どう考えたって、どう結論付けたって、どうしようもないんだよ。例えば、実はお母さんの何気ない言葉に傷ついて自殺したということが判明したら……。それで、あーそうかって、済まされる？　もっと悩みが大きくなって、後悔するんじゃない？　でしょ。原因なんて、分かっても分からなくても結局どうすることもできないんだよ」

幸一はコンタの話を黙って聞いているうちに、今までの自分の行動を反省した。

（俺……、今まで散々推論で悩んできたなぁ）

そう思うと同時に、疑問も湧いてきた。

「すみません、推論するなってことでしょ。てことは、考えるなってことですか？」

「いやいや、考えることは必要だし、反省することも大事だよ。でも、そのことで悩むなってことだよ」

「ああ、考えたり反省したりすることはいいんですね……」

「もちろんだよ。仏教の教えに、『思うて詮なきことは思わず』っていうのがあるんだけど、知ってる？」

「いやー、……」

（難しいことまで、よく知ってるなぁ。スーパー中学生だなぁ）

「その意味は、考えても仕方がないことで思い悩んではいけない、ってことだよ。この言葉は常に心に秘めておいてね。藤盛さんのこれからの人生で絶対に役に立つから」

「はい、分かりました。思うて詮なきことは思わず、ですね。覚えておきます」

「えーっと、何からこんな話になったんだっけ……。あっ、そうそう、藤盛さんのことをお父さん、って冗談で言ったという話だったね」

「そうですね。でも、ほんとコンタ君はいろいろなことを知ってますねぇ」

「そうだよ。おそらくボクって、三千冊以上の本を読んだと思うから……。しかもその内容はほとんど覚えているんだよ。凄いでしょ」

「えー？　三千冊？　その歳で？」

「うん、そうだよ」

「ちょっと、信じられないなぁ。でも、明らかに俺より知識はありますよね。ハハハハハッ。ほんとに十三歳？」

「そうだよ。聞いたことない？　天才少年の話？　幼くして計算が得意だったり、大人でも知らない漢字を知っていたり……」

「あー、聞いたことありますねー」

「それが、ボクだよ。へへヘッ。自分で言うのもおかしいけど」

「そうか、ワハハハハッ」

と、二人で大笑いし、和やかな雰囲気になった。

「まぁ、ボクは速読できるから、沢山の本を読めるけど、普通この歳だったら無理だろうね」

「そうか……。速読ね……。ああ、ちょっと質問いいですか？」

「いいよ。何でも訊いて」

「この前、このノート、俺の為に書いたって言ってましたよね」

「そうだよ」

「以前から俺のこと知ってたんですね。どうして？」

「それは……」

「いつから知ってたんですか？」

「んーーー、そうだね……」

「なぜ、俺の為に？」

「んーーー、そうだね……」

「やっぱり言いにくいんですか……？」

「いや、そんなことはないよ。まぁ、そのうち分かるよ。藤盛さんが幸せになったら分かると思うよ」

「えーーー、俺が幸せに？」

「そう。藤盛さんはそのうち幸せになれるからそんなに焦らないで……」

「でも、やっぱり……、今知りたいです……」

「そうか……。そんなに知りたいなら少しだけ教えるよ。実は、藤盛さんは覚えてないと思うけど、随分前にボクは藤盛さんと出会っているんだ」

「えっ？」

「八年前、ここに来たことがあるでしょ」

幸一はドキッとして、思わず、

「は、はい……」

と、言ってしまったが、

（もしかして、コンタ君は俺がこの場所で一度自殺を断念したことを知っているのか……）

という疑問が幸一の頭の中を駆け巡り怖くなった。

「ボクとお母さんが一階でエレベーターを待ってた時、扉が開いたら、顔をクシャクシャにしながら泣いている男の人がエレベーターから出てきて、ボクとすれ違ったの」

「えっ！　それが俺？」

「まぁ、そうなんだけど……」

「えっ？　俺、全く覚えてないなぁ……」

「ボクはすれ違う時、泣いている男の人がいるなぁって思って。そんなに泣いている大人を見たことなかったから、強烈に印象に残ったの」

「えーーー、でも、それくらいで、俺のことを知るって？」

「まぁ、そうだよね。でも、出会いは八年前ってこと。とにかく藤盛さんが幸せになれば分かることだから……」

幸一は何度も幸せになれると言われ、何だかそれ以上コンタを追及できなくなってしまった。それより、今回の自殺未遂だけでなく、八年前にも自殺を試みようとしていたことをコンタが知っているのではないかと、疑心暗鬼になりコンタに質問する気力が萎えてしまったのだった。

「分かりました。そのうち、分かるんですね」

「そうだね」

「じゃ、ちょっと話は変わりますが、俺のカウンセラーになってくれますか？」

「えっ？　急にそんなこと……」

「よろしくお願いします。俺、幸せになりたいんで」

「よし、分かった。ボク、藤盛さんのカウンセラーになってあげる」

「ありがとうございます。コンタ君のお母さんも息子でありながら、自分のカウンセラーみたいなものだって言ってましたよ。ほんと太一に助けられたって」

「へー、そんなこと言ってたんだー」

「そうですよ。とても感謝してましたよ、お母さん」

「なんだか照れくさいなぁ」

「俺もこれからよろしくお願いします」

「いや、こちらこそよろしくお願いします」

「あっ、そうそう。まだ気になることがあるんですけど……」

「何、何？」

「このノートの表紙に、『この世はジゴク』って書いてあるんですけど、本当にこの世は地獄なんですか？」

「ねえねえ、藤盛さん。この世が地獄かどうかなんて関係ないんだよ。さっきも言ったけど、考えても仕方がないことをいくら考えてもどうしようもないんだ。事実か？　推論か？　推論で地獄じゃないかって悩んでも仕方がないでしょ。それはただボクがそう思っているだけのことなんだ。そのノートはボクの考えをまとめたものだから。そりゃーボクだって本当に地獄かどうかなんて、分かりはしないよ。まぁ、そう思う理由はちゃんと書いてあるんだけど……」

「そうでしたね。すみません。もう一回ちゃんとノート読みます」

「そうだよ。何度も読み返してね」

「分かりました。覚えてしまうくらい何度も読みます」

「あっ、もうこんな時間だ。ボクこれから用事が……」

コンタが時計を見ると、午後四時を回っていた。

「すみません。急にお邪魔してしまって……」

「また来てよね。ボク、藤盛さんのカウンセラーだから」

「ありがとうございます。それと、もう一つお礼を言わなければならないんです。コンタ君のアドバイスのおかげで、職が見つかりました。今度は小さな出版社だけど、ほんといい社長で、仕事もやりがいがあって……。ほんとありがとうございました」

「それは良かった。ボクのおかげなんかじゃないよ。藤盛さんが頑張ったからだよ」

「いやいや、ほんと俺の考えを変えてくれたというか、俺の人生を変えてくれた、いや、まだまだ人生これからですけどね」

「そうだよ。まだまだ人生これからだよ」

「そうですね。このノートにも書いてありましたね。ハハハハハッ」

「ハハハハハッ」

やっと和やかな雰囲気になり、幸一はもっと話をしたかったが、今日のところは時間切れでコンタの家を後にすることになった。

幸一は今日のコンタの話を思い返しながら、自宅へと向かった。

(しかし、コンタ君は俺のことを何でもお見通しなのか？　ちょっと怖い気がするなぁ。でも、俺の最悪だった人生がいい人生に変わるのであれば、それはそれでいいじゃないか。幸せになれるって言ってくれたし……)

そんなことを考えながら、コンタに言われた通り、推論で悩まないことを思い出し、これ以上深く考えないようにした。

第四章　契約

幸一は最近やっと、夜ぐっすりと眠れるようになった。コンタに出会う前までは、布団に入っても寝つきが悪く、眠ろうとしても今までの後悔や嫌な思い出、さらには今後の不安や悩み事が頭の中をグルグルと駆け巡り、なかなか寝付けないという日々だった。頑張って眠ろうとする程、どんどん目が冴えて、結局眠れないまま出勤するという悪循環。それも幸一の悩みの種であった。しかし、今となっては一日もそんな日がなかった。夜寝る前にコンタが書いたノートを読み、コンタが言っていた「幸せになれる」という言葉を噛みしめると、心が落ち着きぐっすりと眠れるようになっていた。

今まで四十一年という長い年月を経て培った性格を変えることの難しさは、身に染みて分かっていたが、コンタに出会ってからは、変えることができるんじゃないかという希望が幸一の中に芽生えているのは確かだった。幸一の心の中では、「絶対に変わって幸せになってやる！」という意気込みだけはあった。

ノートに書いてあったように、死にたいと思わない生き方、それが生きる上で苦しさを感じない生き方である。それを今、実践できているので、それだけでも幸一は自分の成長を実感していた。確かに、死にたいと思わなければ苦しまなくて済む。幸一はこの歳で初めてそのことに気が付いた。勝手に死にたいという考えで頭の中が一杯になり、勝手に苦しんで……。本当に自分はバカだったと改めて思うのであった。

おかげで、信じられないくらい仕事も順調で、出勤するのが楽しくて仕方がなかった。職場環境がいいのか、それとも幸一の心が変化したのか、それは自分でも分からなかった。幸一はコンタの教え通り、そんな考えても分からないことは、考えないようにした。

ただ、全てが順調というわけではなく、入社間もない頃は分からなかったことが、徐々に分かるようになってきた。会社の業績や資金繰りのことなど、仕事をしている最中、自然と耳に入ってくる。何せ小さな会社なので、社長と経理担当者との会話が丸聞こえだし、売り上げが良くないことも他の社員の言動ですぐにバレてしまうのだ。そんなことを見たり聞いたりしていると、この会社がいつまで続くのかという不安が出てくるようになった。山村社長が会社を起ち上げて三十数年、その間何度も危機が訪れたという話を幸一は先輩社員から耳にしたが、現在の業績がこれまでで一番悪いようであった。

幸一はこの状況をなんとかしなければと、事務作業だけでなく営業活動にも精を出し、夜遅くまで仕事をした。以前の会社では、やらされている仕事という意識があり、何をやっても辛い仕事であった。しかし、今回は自分でなんとか問題を解決しようというやる気に満ち溢れ、残業も全く苦にならなかった。ただ、幸一は仕事で忙しい毎日を送り、コ

ンタと笑美に会えないという寂しさはあった。でも、とにかく今は頑張るしかなかった。今までの幸一ならば、

(なんでこんな会社に入社してしまったんだ、ついてないなぁ)

という考えになり、自分の運の悪さを嘆いていたところだが、今となってはそんな考えは全く浮かばなかった。むしろ本来の性格である真面目さから、自分がなんとかしなければという責任感が芽生えてきていた。

そんなある日、幸一は突然社長に呼ばれた。

「藤盛君、ちょっといいかな」

「はい」

と、幸一は返事をし、すぐに立ち上がって応接室へ向かった。この会社にはもちろん社長室のような大袈裟な部屋はなく、他の社員に聞かれたくない話をするには応接室に行くしかなかった。そこで、社長は社員と内緒話や打ち合わせをするのが日常だった。

幸一が応接室に入ると、社長はいつもの古いソファーに座っていた。幸一がテーブルを挟んで社長の前に座ると、社長はすぐにしゃべり出した。

「藤盛君、仕事の方は慣れてきたかな?」

「はい。まだまだ分からないことばかりですけど、なんとか周りの先輩方たちに助けられ

て、頑張っています」

「いやー、藤盛君は頑張って仕事やってくれているなぁって感心しながら見ているよ」

「ありがとうございます」

「面接の時、会った瞬間に真面目な人物だと分かったよ。この人なら大丈夫って直感したんだよ」

「ありがとうございます」

「以前までは、経験した仕事のこととか、性格についてとか、いろいろ面接の時に質問して、他の社員とも相談しながら採用していたんだけどねぇ。結局いろいろ考えて苦労して採用しても、会社の業績とか給与面のことなんかで不満があるのか、すぐに辞めちゃうんだよねー」

「……」

「まぁ、藤盛君は私の直感で採用して良かったと思っているよ」

「ありがとうございます。まだまだこれから頑張ります」

「いやー、そう言ってくれると私も嬉しいよ。それでさぁ、薄々は分かっているとは思うけど、会社の業績はどん底状態なんだよねぇ。時代のせいにしていてはダメだということくらい分かってはいるんだけど……。今の時代、本ってなかなか売れないんだよ。せっかく入社してくれたのに、こんな会社で申し訳ない……」

「そんなこと言わないでください、社長。まだまだこれからですよ」

幸一は人を励ますなんておそらく人生初の経験だった。劣等感の塊だった人間が随分年上の人に、しかも社長に対して、そんな言葉を口走るなんて自分でも驚いていた。

「それでさぁ、入社間もない藤盛君に言うのも何なんだけど、何かヒット作がほしいんだよ。このままではボーナスもろくに出せはしないかもしれないんだ。そんな会社なのに、なぜ募集したんだと思うかもしれないけど、私もこのままでは会社は何も変わらないって思ってねぇ。今の社員のままだったら、マンネリ化で何もいい企画が出てこなかったんだよ。結構みんな年取った社員ばかりだし……。だから、今度採用する人物に懸けてみようって、私も考えたわけだよね」

「ワタクシ、出版社で働いた経験はないんですけど……。こんなワタクシで大丈夫だったんですか？」

「これまで、経験者ばかりを採用してきたよ。でも、そんな人物は、今までの経験が邪魔して、この会社のやり方を批判したり、理想論をいろいろ語るだけだったりでね……。結局、未経験者で素直な人の方がいいと思ったから藤盛君を採用したんだよ」

「そうだったんですね……」

「そこでだ。藤盛君。何かいい企画を考えてくれないか？」

「えっ、ワタクシが？」

「そうだよ」

「分かりました。考えてみます」

と、自分でも驚くべき言葉が自然と口から出てきた。

以前までの幸一だったら、即答で、

「いやー、そんなこと自分にはちょっと無理です……」

と、言ってやんわり断り、逃げることしかできなかったが、今の幸一は別人だった。

「そうか、ありがとう。期待しているよ。じっくり考えてみてくれよ」

「はい。頑張ります」


幸一は自分の席に戻ってから冷静に考えてみると、何であんなに軽々しく引き受けてしまったんだろうと後悔したが、それは一瞬の間だけだった。それより社長の期待に応えたいという方が大きかった。

(こんな自分を採用してくれて、こんな自分にお願いされている。しかも社長から直々にお願いされるなんて……)

今までそんな経験はなかった。そもそも人に期待されるとか、褒められるとか、思い出そうとしても、そんな記憶はなかった。嬉しい反面、本当にできるのか、という不安も頭に過ったが、できるか、できないか、推論で悩んでも仕方がないというコンタの言葉を思い出し、とにかくいい企画を考えてみることにした。

それからというもの数日間、幸一は仕事のことで頭が一杯になっていた。

（社長の期待に応えるべく新企画、何かないか……。早く何か考えないと、会社の存続が危ないかもしれない……）

幸一は次第に焦りも感じ始め、かなり疲れる毎日を送っていた。

（だいぶ疲れているなぁ。そろそろコンタ君のカウンセリングを受けないと、また元の自分に戻ってしまうかも……）

幸一は真面目な性格からして、人から言われたことを素直に受け取ってしまう。だから、社長の期待が、段々とプレッシャーに感じていた。仕事が忙しいと、身体だけでなく、精神的にも疲れていた。幸一は仕事の重圧に負けて病院通いをした経験が何度もあり、またあの状態になるのではないかという不安が襲ってきたのだった。

（やっぱりコンタ君のカウンセリングを受けよう。メールで笑美さんに連絡してみるか……）

以前までの幸一だったら、メールしてみようと頭では思っても、やっぱり相手も忙しいかなぁとか、俺に会ってくれないだろうなぁとか、ネガティブな考えばかりが頭を過り、行動に移せなかったが、今では思い立ったらすぐに行動する人物に変化していた。

『笑美さん　こんにちは。今度の日曜日、コンタ君にカウンセリングしてほしいのですが、ご都合はいかがでしょうか』

『幸一さん　その日は予定あり』

と、素っ気ない断りの返事が返ってきた。幸一は一瞬、

（あれ？　俺、やっぱり嫌われてしまったのか？）

と、不安になってしまった。しかし、

（そうだ。ここは推論で悩んでも仕方がない。嫌われているのかどうかは分からないことだ。そんなのこちらの勝手な推論じゃないか……）

と、またしてもコンタに言われた言葉を思い出した。そう思うとすぐに、いつ会えるのか、日時を尋ねるメールをした。すると、その次の週の日曜日だったらＯＫだという返事がすぐに帰ってきたので、幸一はホッとしたのであった。

（やっぱり推論で悩むのはいけないな）

幸一は笑美からの返事に気を良くし、なんとかその日までは仕事を頑張ることにした。


やっと約束の日になり、幸一は気分良くコンタの家に向かった。

「ピーン、ポーン」

「は〜〜〜い」

「藤盛です」

「はい、はい、どうぞ」

「こんにちは、また来てしまいましたー。お邪魔しま〜す」

幸一は四度目の訪問にもなると、ちょっと慣れてきて、挨拶もそこそこにすぐコンタの部屋に入った。

「こんにちは。コンタ君、また来てしまいました」

「こんにちは。藤盛さん、待ってたよ。あれから随分来ないなぁって」

「いやー、仕事が忙しくてなかなか時間が取れなかったんですよー」

「まぁ、忙しい方がいいよ。暇だと余計なことを考える時間があって、悩みが増えるからねぇ」

「まぁ、そうですね」

「カウンセリングを受けたいって、また何かあったの？」

コンタと幸一の関係は相変わらず、先生と生徒のような関係だったが、幸一にとってはそれが変だと感じるわけでもなく、もうこの関係に慣れてしまっていた。

「そうですね。仕事が忙しいせいか、かなり疲れてて……。そうなると、また昔の自分に戻るんじゃないかって不安になったり……」

「そうか……」

「やっぱり、そう簡単に性格が変わったり、人生変わったりするもんじゃないですね」

「ん？　変わらないって思っているのは、勝手な思い込み？」

「あっ、そうかもしれません……」

幸一はまたネガティブな考えを口にしてしまい、まずいと思った。

「勝手な思い込みはやめた方がいいよ」

「そうでした……、へへへッ」

「せっかく、藤盛さんが来てくれたんだから、今日は真面目にカウンセリングしてみようかな」

「えー、ほんとですか。ありがとうございます。よろしくお願いします」

「ボクも藤盛さんのこと、もっと知りたいから、とにかく何でもいいから教えてよ」

「あっ、はい……」

幸一はいきなりそう言われて、何から話せばいいのか戸惑い、数秒間の沈黙となった。

すると、幸一の困ったような顔を見てコンタは、優しい言葉を掛けてくれた。

「何でもいいからって、やっぱり難しいよねぇ。だったら幼い頃の記憶から順に話してみたらどう？　その時の感情なんかも。嬉しかったとか、悲しかったとか、悔しかったとか。まぁ、そんなに真剣にならないで、気軽にしゃべってくれたらいいよ」

「は、はい……。じゃ……。俺は幼い頃……、やっぱり思い出すのは厳しい親に育てられたってことですねぇ。いつも怒られてばっかりで……、いつも泣いていた思い出ばかりで……」

幸一は昔のことを思い出すと、急に涙が出そうになった。しかし、それをグッと我慢し勇気を出してしゃべり続けた。

「親に怒られるのが怖かったんです。いつもビクビクしながら生活していた思い出ばかりなんです。ほんと辛かった……」

幸一はそんなことをしゃべり始めると、次から次へと言葉が溢れ出し、話が止まらなくなっていた。過去の辛かったことを思い出すのは得意で、それによって自殺までしようとした過去があるくらいだから、一旦しゃべり出すと何も考えずに自然と言葉が口から出てくるという感じだった。親のこと、学校生活のこと、就職した会社のことや上司のことなど、今まで辛かった胸の内を一気に吐き出すように、コンタに向かって全てを話した。幸一は中学生の前で大の大人が泣くなんて恥ずかしく、ずっと涙を我慢していた。しかし、辛かった自分の心の内を吐き出すにつれ、自然と涙が出始めた。かと思うと、我慢していた心が張り裂けたように声を上げて泣きじゃくり、話の途中からは泣きっぱなしであった。それでも、コンタは平常心を保ちながら、優しく幸一の話を聞き続けていた。

幸一は涙声ながらもなんとか話を続けたが、コンタはただうなずくだけで、言葉を発することもなく、幸一を見つめていた。幸一は話を終えても泣き止まず、そして、ひとしきり泣き続け二人の間に数分の時が流れた。すると、今までの涙が嘘のようにスッキリとした気持ちになり、今まで味わったことがない爽快感に包まれていた。

「長い時間、俺の話、聞いてくれてありがとうございました……」

「藤盛さんの人生、辛かったね……」

幸一にはコンタの目にもうっすらと涙が溜まっているように見えた。

「俺、自分の心の闇を人にしゃべったの、初めてです」

「そうか……。初めての経験はどう？」

「なんか、人に話を聞いてもらえてモヤモヤ感が取れたというか、聞いてくれてありがとうございますって感じですね。でも、やっぱり泣いてしまって恥ずかしいなぁ」

「そうか……」

幸一はこれだけ自分をさらけ出したので、どんなアドバイスがもらえるのか、期待しながらコンタの言葉を待っていた。しかし、それから話が一向に進まない状況に思わず、

「俺、これからどうすればいいですか？」

と、コンタにアドバイスを求めた。すると、

「どうすればいいかなぁ」

と、素っ気ない言葉が返ってきた。幸一は、

（あれ？　おかしいなぁ。カウンセラーってアドバイスくれるんじゃないの？）

と、心の中で疑問に思いながらも、ズバッと心に響いて、驚くようなアドバイスを期待

していた。しかし、返ってきた答えは意外なものだった。

「んー、それじゃもう一回ボクが書いたノートを読んでね」

「えっ？」

「いや、もう一回じゃなくて、何度も読んだ方がいいね」

「は、はい……」

　幸一の声のトーンは一気に下がった。せっかく勇気を出して自分をさらけ出したのに、期待はずれのコンタの返答に拍子抜けしたのだった。少し沈黙が続き、幸一は下を向いたままでいると、コンタが言葉を発した。

「人は誰かに話を聞いてもらうだけで、結構心が晴れるもんだよ。心のモヤモヤや悩みなんかを吐き出して、気持ちを安定させたり、不安を解消させたりするんだ。これをカタルシス効果って言ってね、カウンセリングではよく使われる手法なんだ」

「カタルシス効果？　難しい言葉知ってますねぇ」

「心理学の本なんかに書いてあったりするよ」

「へぇー、そうなんですね。また一つ勉強になりました」

「だから、ボクは藤盛さんのカウンセラーって言ってるでしょ」

「そうですね。でも、カウンセラーって、何かアドバイスをくれるもんじゃないんですか？」

「そう勘違いしがちだよね」

「えっ、勘違い？」

「そう。カウンセラーって、そんな的確なアドバイスってくれないよ」

「えっ、そうなんですか？」

「だってさぁ、何かあるたびに、カウンセラーにいちいちアドバイスをもらっていたら、もうカウンセラー無しには生きていけないようになってしまうよ。カウンセラーに頼りっきりの人生になって、自分では何も判断できない人間になってしまうんだ」

「はー、そうですねぇ……」

「まぁ、カウンセラーって、悩んでいる人をいい方向に導くことはできるかもしれないけど、基本的には自分で考えないと。だってさぁ、言っちゃ悪いけど、四十歳過ぎたおじさんが、まだ十三歳の子供にアドバイスを求めるって、冷静に考えるとおかしいよ」

「そうですね……」

幸一は説教されているようで、急に元気がなくなり小声になってしまった。

「そんなに暗い顔しないでよ」

「は、はい……」

「でもね、そのうち自分で気付くんだよ。生きているうちにいろんな事が起きて、いろんな経験をして、そこで人は気付くんだよ。ボクもそうやって気付いたこと、沢山あるし……。だって、この世に修行にやってきたんだからね」

「そうでしたね。ノートにそう書いてありました。ちゃんと読んだのになぁ」

「いろいろなことを経験しながら、その人それぞれの修行の道があるんだよ。でも、大丈夫。藤盛さんは、大丈夫だって。この前も話したじゃない、人生これからって」

「そうですね。俺、まだまだ修行が足りませんね。考えてみたらコンタ君に頼っていたような気がします。何か困ったことがあったらコンタ君が助けてくれるんじゃないかと。でも、それは……、ほんとコンタ君が言うように間違っていますね。自分でなんとかしないと……」

「ほら、今も自分で気付いたでしょ。自分でなんとかしなきゃって」

「あっ、そうか」

「そうだよ。こうやっていろいろ会話を重ねるうちに、自分で気付くもんだよ」

その時、幸一はひらめいた。

「そうだ！」

「えっ、何、何、また何かに気付いたの？」

「今、ひらめいたんですけど、コンタ君が書いたこのノート。これを本にして、俺の会社で出版してもいいですか？」

「もちろん！」

コンタはニヤリとしながら即座に応えた。

「えー、ほんとですか？」

「当初は藤盛さんに向けて書いていたんだけど、途中から世の中の悩んでいる人にも読んでほしいって思っていたんだ」

「そうなんですか？　早速明日社長に話してみます」

幸一は心に引っ掛かっているものが、一つ解決したような気がした。

(何で気付かなかったんだろう。これを本にして儲かったら……)

幸一はそう思うと、

「今日はいろいろ話を聞いてもらってありがとうございました。これで失礼します」

と、挨拶して足早に自宅に戻った。そして、明日社長に何と伝えようかと考え始めた。頭の中は出版して本が売れに売れまくっているような妄想で一杯になり、今までとは違う意味で夜眠れなくなってしまったのだった。


次の日の朝、幸一は一番に出社し、社長が出勤してくるのをウキウキしながら待っていた。

「おはようございます」

社長がいつものように明るい声で挨拶しながら事務所に入ってきた。幸一もすぐに大きな声でいつものように挨拶した。幸一はここに入社してからは、周りにつられて大声で挨拶するようになった。以前の幸一には考えられないことだった。

「社長、ちょっとお話があるので、よろしいでしょうか」

「おっ、朝から何だ」

そう言いながら幸一は真っ直ぐ応接室に向かい、その後に社長も続いた。二人がソファーに座ると、一瞬の沈黙の後、幸一はゆっくりしゃべり出した。

「社長、この前社長がおっしゃっていた何かいい企画はないかという話ですが……」

幸一はドキドキが止まらなかった。

「あー、それか……。良かった。また何か悪い話かと思ったよ。辞めさせてくださいとか、言われるのかと思って内心ビクビクしたよ」

「すみません。そんな話じゃないんです。いい企画を思い付いたんです」

「えっ、もう考えてくれたのか？」

「そうです。悩み多き人達に捧げる人生の指南本です。これを見てください」

幸一は社長の手元に、『この世はジゴク』と書かれたノートを差し出した。

「んー、何だこれは……」

社長は不思議そうな顔をしながら、それを手に取ると、

「この世はジゴク？　何か怖そうなタイトルだねぇ」

と、言いながら表紙をめくり、中身の文章を見ながら質問してきた。

「ジゴクって、あのエンマ大王がいる地獄のことか？」

「いや、そういう地獄というか……、ちょっと違う、んー、いや読んでいただかないと説明は難しいです」

「何だかはっきりしないなぁ」

「ワタクシはこれを本にして出版したいんです」

先程までの緊張感はどこかに吹っ飛び、幸一は自信を持って社長に伝えた。

「んーーー。地獄という言葉がタイトルに付くと、いい印象を受けないんだよねぇ。やっぱり地獄ってみんな嫌じゃない？」

「確かにそうですね。ただ、地獄って言っても、違うんです。最後まで読んでいただければ分かると思います」

「そうか……。藤盛君がそう言うなら、ちょっと読んでみようか。それから判断するから……」

「ありがとうございます。これはワタクシの自信作です」

「えっ、君が書いたのか？」

「いや、間違えました。ワタクシが自信を持ってお勧めできる作品です」

「で、誰が書いたんだ」

「はい。コンタ君です」

「それは誰なんだ？」

「それは今はまだ秘密です。とにかく最後まで読んでみてください」

「よし、君がそう言うなら、早速読んでみるか。そうだなぁ、これくらいなら、一、二時間もあれば読めるかな？」

「ありがとうございます。では、ワタクシは他の仕事をしていますので、読み終えたら教えていただけますか？　またすぐに参ります」

幸一はそう告げると、応接室を後にし、自分の席に戻った。すぐに事務作業を始めたが、数分もすると社長の反応が気になり、仕事どころではなかった。

(社長、応接室から出てこないけど、ちゃんと読んでくれているのかなぁ……)

内心では、社長の様子が気になってすぐにでも応接室に行きたいところだったが、そこはグッと我慢した。それから一時間程経った頃、急に応接室のドアが開いた。

「藤盛君！」

「はい」

幸一は待ってました、とばかりにすぐ立ち上がり、ドキドキしながら応接室に向かった。

「藤盛君、これは凄いじゃないか！」

「ありがとうございます」

「内容といい、分かりやすくまとめてあって、文章もきちんと一ページに収まる形になっている。これ、このまま出版できそうだな」

社長の表情は先程のものとは明らかに違っていた。

「ところで、これは誰が書いたんだ」

「はい。十三歳の中学生、コンタ君です」

「何？　中学生？」

「はい」

「まさか？」

「いや、ほんとなんです」

「コンタ君って君の息子か？」

「いやいや、ワタクシは独身ですから」

「じゃ、親戚か何か？」

「いや、友達の息子です」

「えー？　しかし、この人生を達観したような文章を十三歳で書けるわけないじゃないか」

「確かにそう思うでしょうね。ワタクシも最初はそう思いました。でも、実際にその少年に会って何度も話をしているんです。会ってみればこのコンタ君がどんな少年か分かるはずです」

「えー、本当か？」

「ほんとなんです」

「しかし、これは凄いぞ！　中学生が書いたとなると余計に凄いじゃないか！　これはひょっとすると評判になるかもしれないぞ……」

「そうなんです。だからワタクシもぜひこれを本にして出版してもらいたいんです。もう本人にも了解を取ってあります」

「そうか……。ところで、このコンタっていう中学生？　何者なんだ？　私は七十歳を前にして人生経験も豊富だと自負していたけど、こんな文章を書ける中学生なんて聞いたことないぞ？」

「確かに気になりますよね。しかし、謎のままでいいじゃないですか」

幸一はコンタのことは秘密にした。余計なことを言うと怪しい人物と思われるし、そもそも、コンタとの出会い方は絶対に人に言える話ではないからだ。

「んー、そうだな。それもおもしろい」

「社長、ワタクシ、頑張ります」

「よし、分かった。全て藤盛君に任せるから、一から最後までやってみるか？」

「はい。ありがとうございます」

「校閲、装丁、印刷手配、取次との交渉、宣伝、営業全て君に任せるから……」

「すみません、勉強不足で。コウエツ？　ソウテイ？　トリツギ？　ってなんですか？」

「そうか。君は出版業界経験者ではないんだよね。校閲っていうのは、文章の間違いや誤字脱字なんかを訂正することだよ。装丁っていうのは、本の表紙とかページのデザインとか……、まぁ、いいじゃないか。周りにいる先輩社員に教えてもらいながらやればいいよ。この業界四十年のベテラン社員もいるし。まぁ、ここは藤盛君が責任者ということで、やってみてくれよ」

「はい、分かりました」

「ただ、一つ言っておきたいんだけど、これを出版するにあたって、これで儲かるとか、ボーナスがもらえるとか、そういうことは考えないことだ。会社や自分の為ではないんだ。人助けだと思って本の完成を想像するんだぞ。そして、その完成した本を多くの人に読んでいただいて、人生に悩んでいる人を一人でも多く助けたいという想い。これが大事なんだよ」

「はい、分かりました」

　幸一は一際大きな声で返事をし、自分で高揚しているのが分かった。と同時に、社長の言葉にドキリとし、出版することで儲かることを想像していた自分が恥ずかしくなった。

　幸一は自分に任せられたことの責任の重大さに、プレッシャーを感じつつも、社長の了解を得た嬉しさで、舞い上がった気持ちになった。

幸一は早速自分の席に戻り、作業を始めようとパソコンに手を伸ばした。

（あれ？　何から始めたらいいんだ？？？）

すると、先程までの高揚感は消え、我に返ったのだった。その時、以前の会社での経験を思い出した。

（分からないことをすぐに上司に質問して、よく怒鳴られたなぁ）

しかし、幸一はそんな嫌な思い出を払拭し、勇気を出して質問した。

「社長、すみません。まず一番に何から始めたらいいのでしょう」

「そうだな。いきなり『やってくれ！』って言われても無理だな。ハハハッ」

と、怒るどころか、笑顔でそう言ってくれた。

（やっぱりこの社長は優しい。ほんとこの社長の下で働けて良かった……）

幸一は改めて喜びを噛みしめていた。

「まずは、契約しないといけないね。コンタ君と。でも、まだ中学生だから、親の同意も必要だな。契約書はひな型があるから、今日中に私が作っておくよ。できたら教えるから、サインと印をもらってきてくれよな」

「分かりました。早速、アポイント取っておきます」

幸一は早速、笑美にメールをした。

『笑美さん、コンタ君　ノートを本にして出版する件、社長のＯＫが出ました。俺が責任者として立派な本に仕上げますので、楽しみにしていてください。つきましては出版契約書を持っていきます』

幸一はただ社長の了解を得ただけで、まだ何も始まってもいないのに、嬉しくて仕方がなかった。これまで仕事で嬉しい経験をしたという記憶もなく、

（これがやりがいというものか……）

と、独りで充実感を味わいながら、顔がほころんでいるのが自分でも分かった。しかし、喜んでばかりはいられず、会社の先輩に仕事の段取りを訊くことにしたのだった。

幸一は出来上がった出版契約書にサインをもらうため、コンタの家を訪ねると、出版できることが嬉しかったのか、親子二人で幸一の訪問を待ち構えていた。

「こんにちは。契約書にサインをもらいに来ました」

幸一はコンタと笑美の前に出来上がった契約書を差し出した。その契約書には既に会社名、代表者のサインと社印があり、後はコンタと笑美がサインして印鑑を押すだけとなっていた。

「ここの空欄のところに、コンタ君の住所と名前、そして、ここに笑美さんの住所と名前です。コンタ君は未成年なんで、笑美さんの同意も必要なんです」

「そうだよね。太一はまだ未成年だもんね」

と、笑美は笑顔で言いながら、契約書に目をやると、笑美の顔色が明らかに変わった。幸一はそれを察し、

「あっ、すみません。いきなり契約書にサインなんて……。まずは二人で契約の内容をよく読んでください。難しいことが書いてあるかもしれないので、分からなければ俺に訊いてくださいね」

幸一がそう言うと、二人は契約書を黙って読み始めた。数分もすると二人は読み終えたが、なぜか笑美が動揺していて、幸一にはそれがすぐに分かった。

「何か、まずいことでもありますか？」

「いえ、何も問題無いわよ。ここにサインすればいいのね」

笑美はようやくいつもの笑顔に戻ったが、幸一には笑美のサインする手が震えているのが分かった。幸一は気になったが、続けてコンタにもサインをもらった。

「藤盛さん、ありがとう。ボクの書いたノートが本になるなんて夢のようだよ」

と、嬉しそうに幸一を見つめていた。幸一も思わず、

「こちらこそ、ありがとうございます。コンタ君の役に立つことができて、俺も嬉しいです。でも、まだ作るのはこれからなので……。ただ、この本が売れてコンタ君が有名人になってしまったら、俺なんて相手にされなくなってしまうかもしれませんね」

「いや、そんなことないよ。ボクはお母さんと藤盛さん二人だけのカウンセラーだから……。まぁ、今からそんな余計な心配はしなくていいよ」

「あっ、そうか。でも、一応俺が考えているのは、著者名はコンタとしているけど、コンタというのは正体不明で謎の中学生として出版したいのですがいいですか？」

「もちろん。ボクの本業は中学生だから……」

「あっ、それと、本のタイトル。ジゴクはカタカナのままでいいですか？」

「うん、いいよ」

「じゃ、そうしますが、そもそもなんでカタカナなんですか？」

「あー、それね。ボクが五歳くらいの時に考えたから、地獄の獄っていう漢字が難しくて、書けなかったんだ。それで……」

「えー、そういうことだったんですね」

「ああ、それとジゴクって言っても……」

「ああ、そうでしたね」

「まぁ、ボクはあくまで普通の中学生だから、出版に関してはプロの人に任せるよ」

「俺、まだプロって程経験ないんですけど……」

「藤盛さんじゃなくて、藤盛さんの会社に任せるってことだよ」

「ああ、そういうことですね。じゃ、これから早速本の制作に取り掛かりますので、ちょこちょこ打ち合わせにお邪魔するかもしれません。表紙のデザインとかも決めないといけないから。これからもよろしくお願いします」

「藤盛さん、出来上がるのを楽しみに待ってるよ」

三人は世間話をする暇もなく、幸一は急いで会社に戻ったのであった。


「社長、契約書のサイン、もらってきました」

「ああ、ごくろうさん」

「これで本の制作に取り掛かれますね」

幸一はそう言いながら、出版契約書を社長に手渡すと、

「間違いないかぁ？　ちゃんと印鑑もらったかぁ？」

と言って、社長は幸一が初めて契約を交わした作業に不備がないかをチェックするように契約書に目をやった。

「藤盛君、コンタ君って太一って名前なんだね」

「ああ、そうなんです。コンタっていうのはあだ名で、今東太一を略してコンタっていうんです」

「ああ、そうか。確か藤盛君の友達の息子って言っていたな」

「はい」

「ここに女性の名前が書いてあるけど？　友達って女性だったのか……」

「いやいや、ワタクシの友達は亡くなったんです。中学生の時の友達で……。その友達の奥さんと子供ということです」

「あっ、悪いこと聞いちゃったね。ごめんなー」

「いえいえ、全然構わないです」

　無事契約も完了し、それからというもの、幸一は忙しい毎日を送ることになった。そんな日々を送りながら、自分の生活が一変したことに不思議な感覚に陥っていた。

（ついこの前、自殺を試みた俺が……、今では考えられないくらい充実した毎日を送っている。しかも、こんな重要な仕事をさせてもらっている。なんと不思議なことか……）

と、作業をしていてもちょくちょくそんなことが頭をかすめるのであった。

　数日後、幸一は出来上がった校正刷りを制作担当者から渡され、文章の中に誤字脱字がないか、何度も何度も読み返してチェックした。その作業をしているうちに、この前のコンタのカウンセリングの際に言われた言葉を思い出した。

「何度も読んだ方がいいね」

　幸一が辛い過去をさらけ出して助けを求めた時、言われた言葉だ。今、幸一は仕事をしながらそれを実践していた。

（仕事中に何度もこれを読めるって、俺が一番得しているんじゃないか？　こんないい仕

事って他にないよなぁ）

そう考えると、仕事は全く苦にならず、いやむしろもっと仕事がしたいという気持ちになっていた。しかし、何度も読み返しているうちに、幸一は改めて自分の人生について思い返してしまった。

（俺って、今まで不幸の原因探しばかりを繰り返していたなぁ）

こんな不幸な人生になったのは、親のせいだと勝手に決めつけ、そして恨み、何で自分だけがこんな目に遭わなければならないのか、と嘆いてばかりだった。よく考えてみれば、四十一歳にもなるのに実家暮らしの独身で、食事も洗濯も掃除も全て母親任せだった。そのことに感謝することもなく、ただただ口うるさく、うっとうしい存在としてしか母親を見ていなかったのだ。結局、頼ってばかりいるくせに、母親に対してイライラするだけで自分の未熟さや愚かさに全く気付いていなかった。

学校生活でいじめに遭った時も相談に乗ってくれない先生に絶望し、いじめたやつをただただ恨むだけで、心の中は憎しみだらけ。そんな心のまま学校生活を送っても楽しいはずもなかったのだ。悩むだけ悩んで心はズタズタになり、今考えると何かできることはなかったのか、と反省することばかりだった。

そして、就職がうまくいかないと、時代のせいにし、何と運がない男なんだ、と嘆き悲しみ、何もかも嫌になった。努力は無駄だと人生を諦め、自分のこと、そして自分の人生が嫌で堪らなく、頭の中は死にたいとか消えたいとか、そんなことばかりが占めるようになっていたのだった。

(結局俺は不幸の原因を他人のせいにして、自分で自分を苦しめていただけなんじゃないか。うまくいかないのは誰かのせいじゃなかったんだ。全て自分のせいだったんだ。そう言えば、就職してからも、うまくいかないのはパワハラ上司のせいだと思っていたなぁ。やっぱり俺に向けて書いてくれたんだ。俺にいろいろ気付きを与える為に……)

幸一は改めてコンタのことを神様ではないかと思えてきた。

(いや待てよ……。ほんとに未来からやってきたのかも……)

そして、コンタが言っていたように、「そのうち自分で気付く」という言葉を思い出し、まさに今人生に気付き始めたことに、自分でも恐ろしくなっていた。

(そうだ。独り暮らしをしよう！)

幸一はいきなりそう思った。自分では親に甘えた経験がないと思っていたが、それは間違いだった。今まで独り暮らしなんてできるわけないと勝手に思い込んでいたし、何でも自分でやらなければならないことに対して、想像するだけで拒否反応を示していた。幸一は今更ながら、これはチャンスだと自分で思えたのだった。

(仕事で忙しいけど、そんなの関係ない。できない理由は考えないようにしなくちゃ。よーし、まずは実家を出る準備だ！)

幸一はそう決意した。幸一は自分では気付いていなかったが、ポジティブにすぐ行動するという人物に生まれ変わっていた。

第五章　決　断

幸一はコンタの本制作に追われ忙しい毎日を送っていた。山村社長はそんな幸一のことを優しく見守りながら、そして、時にはアドバイスしながら、本の完成を待ち侘びていた。幸一は仕事が終わってからも、インターネットでの家探しや、引っ越し準備の片づけ等で忙しく、あっという間の日々を過ごしていた。

(充実した毎日を送っていると、悩む暇なんてないな)

以前まで、悩んでばかりいた幸一は、いかに充実した日々を送っていなかったのかを再認識した。

「藤盛君、頑張っているなぁ」

「はい、ワタクシも本の完成を早く見たいので……」

本の出版に向けて忙しくしている幸一を見て、突然、社長が声を掛けてきた。

「あまり一生懸命になって仕事ばかりしてると、無理が祟って身体に良くないぞ」

「気を使っていただいてありがとうございます」

「藤盛君、お酒は飲めるのか？」

「まぁ、あまり強くないですけど……」

「今日ちょっと気晴らしに一杯どうだ？」

幸一は引っ越し準備のことが一瞬頭に思い浮かんだが、

「はい、ありがとうございます」

と、即答した。

(せっかく社長が誘ってくれたのに、断るなんて……)

幸一は早めに仕事を終え、近くの居酒屋へと向かうことになった。

「他の社員の方はご一緒じゃないんですか？」

「いやいや、みんなとは付き合いが長いから、もう何度も飲みに行っているからねぇ。今日は藤盛君と話がしたかったんだよ。考えてみれば入社して歓迎会もしてなかったね。ごめんなぁ」

「いえいえ、そんなこと全く気にしてませんから……」

「今まで誰か入社するたびに歓迎会をしてたこともあったんだけどねぇ。すぐに辞めちゃう社員ばかりでな。だからそんな歓迎会はいつの間にかやらなくなったんだよ」

「そうなんですね」

「藤盛君は何飲む？」

「じゃぁ、生ビールお願いします」

「今日は遠慮せずに飲んでくれよ。私はウーロン茶だけど……」

「えっ、社長、アルコール飲まないんですか？」

「昔は大量に飲んでいたんだけどね。五年程前に身体壊して、それから飲まないようにしているんだよ」

「えーーー、そうなんですか？　すみません……」

「いいんだよ。気にしなくて」

　幸一は口調からして社長の優しさを感じていた。

「まぁ、私も三十五歳の時にこの会社を起ち上げて、その頃はね、バブル全盛期で、景気が良かったんだよねー。私も羽振りが良くて、今考えると若くて未熟だったなぁ。自分が凄いんだって勘違いしちゃって。私の言うことを聞かない社員なんか怒鳴り散らしてさぁ。今思うと完全にパワハラだよ」

「えー？　今の社長からは想像できませんね」

「いやいや、調子に乗ってただけなんだけど。後から随分反省したよ。その時の社員はほとんど逃げていったからねぇ。信頼していた社員にも裏切られて。まぁ、自分が悪いんだけどね」

「……」

「でも仕事だけは沢山舞い込んできてさぁ。私が調子にさえ乗らなければ、バブル時代っていい時代だった」

「その時代を経験された人達はみんなそう言いますね。ワタクシなんかバブルが弾けた後の就職氷河期世代ですから、バブルの恩恵を全く受けてないんですよ」

「そうか……。でもな、私もバブル崩壊で瞬く間にどん底に落ちてしまったけどな。なんとか会社だけは維持しようとして仕事ばかりしててさぁ。全く家庭なんて顧みなかったよ。気が付くと妻も子供も私から去っていったよ」

「えっ、そうなんですか？　全く知りませんでした」

「一人娘でね。その時娘は高校生だったと思うよ。それも分からないくらい娘には何もしてあげてないんだよね。もう二十年以上会ってないな。もちろん元妻とも……。今はどこで何をしているのか……」

「そうなんですか……」

「この歳で独り身なんて寂しいもんだよー」

「……」

幸一はその言葉にゾッとし、返す言葉がなかった。

「社長っていいな、なんて羨ましく思ったことないか？　お金持ちで、幸せで、人生楽しそうで……」

「そうですね」

「意外と知らないだけで、幸せじゃない社長も沢山いるんだよ。お金だってある時はあったし気もするけど、そんなのすぐに消えちゃうんだよ。私の場合、家族も失ってしまったし……。その時は分からないんだよね。いい時はずっとそれが続くって勘違いしてしまうんだよ」

「社長業も大変なんですね」

「そうだな。幸せそうに見えるだけだよ、ハハハッ」

（コンタ君がノートに書いていることと同じことを社長も言っているなぁ）

「まぁ、でも面白い時もあるんだよ。出版した本の評判がいい時なんかは嬉しいもんよ。藤盛君も今、本の制作で頑張っているけど、本が出来上がって、それが世の中で評価されたら嬉しいぞー。苦労した甲斐があったって思うよ。まぁ、その逆もあるけどな」

「社長、ワタクシ頑張ります」

「いいねぇ。私の目に狂いはなかったな。藤盛君は真面目に頑張ってくれるから頼もしいよ。いい人材はまだまだ残っていたんだなぁ」

「ありがとうございます」

幸一はお酒が入っている上に社長に褒められ上機嫌だった。改めていい社長と出会えたことが嬉しくなり、またもや人生がいい方向に向かっていると感じたのだった。

（やっぱり、コンタ君と出会ってからいいことがあるなぁ）

何かいいことがあるたびに、コンタのことを思い出す幸一であった。


その後数日間、幸一は本の制作に没頭した。表紙のデザインがなかなか決まらず、先輩社員や社長と何度も話し合いを重ねた。議論の末、候補の三案が出来上がり、最終決定は作者のコンタに任せることになった。それで、早速、コンタと笑美に連絡を取り、その三案のデザインを持ってコンタの家を訪ねた。

「いらっしゃい、元気だった？」

（相変わらず明るいお母さんだなぁ）

「はい、おかげ様で。仕事で忙しいけど、楽しいから全く苦にならないんですよ」

そんな会話を笑美としながら、幸一はリビングに通された。

「表紙のデザインができたの？」

「やっと案が出来上がりました。どれがいいか、コンタ君に決めてもらおうと思って」

「太一！　藤盛さんよー」

「はーい。藤盛さん、こんにちは」

コンタはニコニコしながら自分の部屋から出てきた。

「あ、こんにちは。やっと表紙のデザインができたので……」

「ボクが決めていいの？」

「もちろんです。一つ目が大空をイメージした青を基調にした表紙。二つ目が森をイメージした緑を基調にしたもの。三つ目が宇宙をイメージした星と光のものです。どれがいいですか？」

「うわー、どれもいいね。お母さんも見て」

「あら、なかなかいいものができたわね」

「ありがとうございます。やっぱり作者のコンタ君に最終決定してもらわないと」

「そうだなー。分かった！　みんなで決めよう。じゃんけんで」

「えっ！」

「ボクが勝ったら一つ目の青。お母さんが勝ったら二つ目の緑。藤盛さんが勝ったら三つ目の星」

「えーーー、そんなもんで決めるんですか？」

「そうだよ。人生ほぼ運だよ」

「ああ、ノートにもそう書いてありましたね」

「どれが売れるかなんてあれこれ考えても仕方がないよ」

「まぁ、コンタ君がそう決めるのであれば……。でも、俺、じゃんけんめちゃ弱いですよ」

「またまたー。すぐ決め付ける。悪い思い込みは捨てないと」

「あっ、すみません……」

幸一は昔の悪い癖が出て、ちょっと恥ずかしかった。

「じゃ、行くよ。最初はグー。じゃんけんポン」

コンタ、グー。

笑美、グー。

幸一、パー。

「おおーーー。勝った！」

幸一は一発でじゃんけんに勝ったことにびっくりした。記憶ではそんな経験がない気がして、自分でも驚いたと同時に、自分が勝って良かったのかとも思った。

「じゃ、これで決まりだ。星と光のこれだね」

「ほんとにいいんですね」

「もちろん」

「じゃ、俺は早速会社に戻って、社長に報告して印刷に入ります」

「忙しいねぇ」

「いやいや。いい本を作って、世の中の悩んでいる人達の役に立てるって思ったらそんなこと全く問題ないですよ。コンタ君の為にもね」

「出来上がりを楽しみにしているよ」

「頑張ります」

幸一は本の完成に向けてまた一歩前進したことが嬉しくて、心が満たされていた。

（こういう一つ一つの積み重ねが大きな成果に繋がるんだな）

幸一はこの歳まで仕事の楽しさが分からず苦しんできたが、ようやく仕事というものがどんなものかということを分かってきた気がしていた。

（仕事って人の役に立つことなんだな……。仕事をすれば喜んでくれる人がいる。そういうことか……）


幸一は同時進行で進めていた独り暮らしもようやく決まった。仕事で忙しい中、なんとか引っ越しを終えて新居に落ち着いたのだった。

（俺もやればできるじゃないか！　今まで、何に関しても消極的だったけど……。やっぱり自信を持って積極的にやるもんだな。やっとこの歳で独り暮らしか……。なんだかワクワクするなぁ。もっと早く決断すれば良かった……）

幸一は疲れているけど充実感に溢れ、これから始まる新たな生活を想像しながら誰もいない部屋で独り感慨にふけっていた。

そして、いよいよ本の完成。ちょうど引っ越しを終えた次の日、印刷が完了し会社に届く予定になっていた。幸一の気持ちとしては、印刷工場まで行ってすぐにでも実物を見たいところだったが、そこはグッと我慢して、完成本が届くのをワクワクしながら待っていた。すると、

「こんにちは、納品でーす」

段ボールを載せた台車を押しながら、運送会社のお兄さんがやってきた。

（おーーー。やっと来たぞーーー）

待ち侘びていた幸一のテンションはさらに上がった。

「お疲れ様です。ありがとうございます」

幸一は受取書に印鑑を押して、それを配達のお兄さんに渡すと、すぐに段ボールを開けた。そこには、でき立てホヤホヤの真新しい本が詰まっていた。

幸一は嬉しそうに出来上がった本を手に取り、まじまじとそれを見ると、

（凄いーーー。やっぱり実物を手にするといいもんだなぁ。ダメ人間と思っていた俺が、ここまでできたんだ……。あの時ほんとに助かって良かった……）

と、独り感慨深いものを感じ、しばらく喜びに浸った。

幸一は最近、何かにつけ生きていることに感謝していた。特にこの日は、自分が手掛けた成果物が目の前に存在していると思うと、その喜びは最高潮に達していた。

「社長、やっと完成しました。見てください」

幸一は嬉しくて声を弾ませながら社長に手渡した。

「おおー。やっと完成したか。お疲れ様でした。いい本ができたなぁ。でも、これからだぞ。この本がみんなの目に留まるかどうかだな。これから宣伝と営業、頑張らないといけないな」

「まだまだこれからですね」

「これから、もうひと踏ん張りだな。よろしく頼むよ」

「はい、分かりました」

幸一は元気よく応え、早速仕事へと取り掛かった。

（よーし、笑美さんに連絡を取って完成した本をコンタ君に持っていこう！）

その日の会社帰り、コンタの家で出来上がったばかりの本を披露することになった。その道中、幸一は思わずスキップしそうになる程嬉しさが込み上げてきた。そして、コンタの家に到着すると、二人は余程待ちきれなかったのか、玄関先で幸一を待っていた。

「お待たせしましたーーー」

「藤盛さん、待ってたよーーー。早く早く……」

「まぁ、まぁそんなに慌てないで……」

そう言いながら幸一はリビングに通された。そして、幸一は早速、カバンからでき立てほやほやの本を取り出し、二人の目の前に差し出した。

「じゃじゃーん」

「わーーー、凄いーーー」

と、二人は満面の笑みで新品の本を手に取り、とても喜んでいた。

「これで太一も作家デビューだね」

「へへへッ。ボクも嬉しいなぁ。藤盛さん、頑張ってくれてありがとう」

「いえいえ、書いたのはコンタ君ですから。まぁ俺はたまたま本の制作に携わったというだけで……」

幸一はコンタと笑美のキラキラした笑顔を見て嬉しさが込み上げ、改めてあの時コンタに助けてもらった感謝の念が頭をかすめた。

「じゃ、出版記念のお祝いね。幸一さん、今日はお祝い会しましょうよ。ビールくらいしかないけど……、乾杯しましょ」

「いやー、嬉しいですね。今日は本が完成した最高の日ですからね」

笑美は冷蔵庫からビールとコンタのジュースを持ってきた。

「じゃ、乾杯の音頭を幸一さんに」

「俺ですか？　いやー、まぁ、おめでたいということで。では、コンタ君。本の完成おめでとうございます。カンパ〜〜〜イ！」

「カンパ〜〜〜イ！」

カーン！

グラスの心地いい音が響き渡った。するとすぐに、笑美は笑顔で楽しそうにおしゃべりを始めた。幸一はこの場にいる自分が不思議でしようがなく、心の中でこんな嬉しいことがあるのかと、これまでの人生で最高の瞬間を噛みしめていた。

（ほんとに信じられない。人生ってこんなにも変わるものなのか？　こんなにいいことばかりが続いていいのか？　怖いくらいだ）

そう思うとその瞬間、幸一はなんとも言えない感覚に陥り、急に鳥肌が立った。

（なぜ？　鳥肌が……？　幸せを感じると鳥肌が立つのか……）

すると今度は一転して、頭の中がフワフワとしたような感覚に包まれ、身体全体が温かくなってきた。

（あれ？　なんか身体が浮いている気がする……）

その時急に、

「あっ、藤盛さん」

コンタが叫んだ。幸一はその言葉に驚いて、ビールをこぼしそうになった。

「何？　何？　びっくりさせないでくださいよーーー」

「いやいや、なんか藤盛さんがぼーっとしてたから……」

「ああ、確かに……。本の完成がほんとに嬉しくて……」

「ボクも嬉しいよ。ありがとう、藤盛さん」

改めて三人は、本の完成を喜び合ったのであった。


それからというもの、幸一は本の宣伝と営業活動に力を入れた。とにかく本を作っただけで、誰の目にも留まらなかったら意味がないということくらいは理解していた。それで幸一は今まで以上に頑張って仕事をしていた。

ところがある日。

「えっ？　社長、今日お休みですか？」

「ええ、体調不良みたいで……。朝一に電話があったけど、結構辛そうだったわよ」

ベテラン社員の秋野由紀が教えてくれた。

「そうなんですか。心配ですね」

「あら、藤盛さん知らないの？　社長って、糖尿病だし高血圧だし、何か他にも……」

「えー？　ああ、そう言えば、五年程前に身体壊したって聞いたような……」

「そうなのよ。まぁなんとか薬でごまかしているみたいだけどね……」

「そうなんですね。全く知りませんでした」

幸一は気になりながらも、いつものように仕事に取り掛かった。

次の日、朝十時を過ぎても社長は出社しなかった。

「社長、大丈夫ですかねぇ」

幸一は気になって、秋野にそうしゃべり掛けると、

「そうね……。社長、独り暮らしだから心配ね。ちょっとケータイに電話してみるわ」

そう言いながら、秋野が社長に電話した。

「出ないわねー。独りで倒れているんじゃない？　心配だわー」

「ちょっと心配ですね。俺、家まで行って見てきます。社長の自宅どこですか？」

幸一はまさかと思いながらも、万が一のことがあったらまずいと感じていた。すると急に事務所のドアが開き、

「遅くなって済まない」

と、言いながら、社長が体調悪そうに入ってきた。足取りもゆっくりで顔色も悪く、見るからに病人の姿だった。

「社長、大丈夫ですか？」

「まぁ、なんとか……。しかし、今日の午後から入院することになったんで、しばらくお休みするよ」

「えっ、入院ですか？」

「ああ、心配掛けて済まない。色々と検査するみたいだから……。ただの検査入院なんでお見舞いには来ないように……」

「は、はい、そうですか……分かりました。あまり無理しないでくださいね。会社のことはワタクシ達でなんとか頑張っておきますから、社長は体調を万全にしてください」

幸一は社長を安心させる為に強がりを言ってしまった。

「ああ、ありがとう。よろしく頼む。コンタ君の本、売れるといいね。売り上げがいいってことは、多くの人に喜んでもらえたということだから……」

「任せてください。ワタクシ、まだまだ頑張ります」


それからというもの数日間、社長は休みで、幸一を含め社員一丸となって仕事に励んだ。特に幸一は責任者という重圧にも負けずに、営業活動にいそしんだ。雑用や事務処理はもちろん、昼間はほとんど営業で外回り、夜遅くまでの仕事はほぼ毎日という生活を続けていた。すると、徐々にコンタの本の注文が増えてきたのだった。しかし、幸一はそんなことで浮かれることなく、

「まだまだこれからだ！」

と、自分に言い聞かせていた。

以前の幸一の口癖は「ついてないなぁ」だったが、もうそんなネガティブな言葉は出なくなり、今では自然とポジティブな言葉が口から出るようになっていたのだった。

そうこうしているうちに、社長もようやく退院し、とりあえずは元気そうな姿を現した。

「社長、大丈夫ですか？」

「ああ、ごめんな、心配掛けて。もう大丈夫だから。それより本の売り上げはどうだ？」

「はい、おかげ様で徐々にですが売れ始めています。それよりネットの書き込みでコンタって誰だ？　ってことで、ざわついていますよ。当社にも電話で問い合わせが来ていますが、今のところ謎のままにしています」

「そうか。作戦成功だな」

「はい、今のところは……」

「それで、藤盛君。ちょっと話があるんだが……」

社長はそう言いながら応接室に入っていき、幸一はその後を付いていった。いつもの古いソファーに二人は面と向かって座ると、社長は真剣な面持ちで幸一を見つめ、しゃべり始めた。

「本の制作から販売まで、お疲れ様」

「いえいえ、社長に採用していただいたんですから、当たり前に仕事をやっているだけです」

「で、仕事の方はどうだ。今回責任者としてやってもらったけど……」

「はい、周りの先輩方に恵まれて、なんとかやっています」

「そうか、それは良かった。それでな、私ももうすぐ七十歳になるんだけど、そろそろ体力的にも限界が近づいていると思うんだ」

「いや、社長何言ってるんですか」

「今回も急に倒れたりして、これからいつ何があるか分からんだろう？」

「……」

「で、私も入院中いろいろ考えたんだけど、社長をバトンタッチしようかと……」

「えっ！　そんな……」

「藤盛君！　君にだよ」

「えっ？　冗談でしょ？」

「いや、いや本気だよ」

「ちょっと待ってください。ワタクシ、まだこちらの会社に来て間もないですよ。先輩の方々もいらっしゃるじゃないですか？」

「いや、私は藤盛君の真面目に仕事する姿勢を見て、この人なら、って思えたんだよ。もちろん他の人に気を使うっていう君の気持ちも分かるがね」

「いやー、ワタクシに務まるかどうか……」

幸一は急にそんなことを言われ、やはり本来の気質である自信の無さがひょっこりと顔を出してしまった。

「まぁ、すぐにとは言わないから、そのつもりで今後仕事をしてくれないか？」

「……」

「大丈夫だよ。藤盛君！」

「はい、でもワタクシの気持ちが整理されるまで待っていただけますか？」

「それはもちろんだよ。でも、私も身体に爆弾を抱えているようなもんだから、何カ月も待てないからね」

「分かりました。じっくり心の整理をしてから、近いうちに返事致します」

「そうか。よろしく頼むよ」


幸一は仕事が手に付かなくなってしまった。

（どうしよう……。俺が社長？　そんなバカな……）

あまりにも唐突な話に幸一は手放しで喜ぶことができなかった。幸一は仕事が終わって自宅に帰ってからも、そのことばかり考えていた。まだ段ボールの片づけも終わっていない部屋で、ただ独りベッドに横たわりながら考えに考えた。

（いくら考えが変わったと言っても、ついこの前まで自殺しようとしていた人間なのに……。いくらなんでもいきなり社長は無理じゃないか？　俺が年上の先輩達を差し置いて、そんなバカな……。でもなぁ、社長が真剣に決断して言ってくれているんだからなぁ）

幸一の頭の中は様々な考えが浮かんでは消え、そうかと思うとまた違う考えが思い浮かぶ。自分の能力ではどうすることもできず、ほとんどパニック状態だった。そんな中、幸一は無意識に真新しいコンタの本を手に取り、最初のページから読み始めた。しかし、そんな状態の幸一には内容が全く頭に入ってこず、すぐに読むのを止めてしまった。幸一の頭の中は、いろいろな考えで支配されていた。

（社長……。確かにそう呼ばれると世間的にはかっこいいかもしれない。同級生で社長になったやつなんていないし……。これで人より優位に立てるか？　でも、コンタ君が書いてたように、人と比べていいとか悪いとか、そんなことを考えてはいけないんだよな。社長ともなると、自分だけの問題ではない。他の社員の生活もかかっている。もし会社を倒産させてしまったら……。自分だけでなく、人の人生まで狂わせてしまったら……。でも、そんなこと全て推論じゃないか。コンタ君に一番初めに言われた言葉、事実か推論か。そうだな。推論で悩んでも仕方がないんだな。社長になって苦労することも修行の一つと考えるかどうか……。ここは奮起して、頑張るしかないのか……）

幸一は頭の中を整理すればする程、様々な考えが次々と現れ、どうしていいのかと、ここ数日間、夜もあまり眠れず悩みに悩んでいた。ただ、その間、ずっとコンタの存在が頭にあった。

（もう独りで悩んでもどうしようもない。これ以上独りで考えても無理だ。一度コンタ君に相談してみよう。俺には最高のカウンセラーがいるんだから……）

早速、幸一は笑美にメールをすると、コンタが家に独りで居る、との返事がすぐに来た。幸一は居ても立ってもいられず、すぐに家を飛び出したのであった。

「コンタ君、俺……、また悩み事ができてしまいました。悩みというか重大な決断を迫られているんです。でも、独りでは考えがまとまらなくて……」

幸一は真剣な眼差しでコンタを見つめながら、話を切り出すと、コンタの方もそれを察したのか、いつになく真剣な顔つきになった。

「何かあったの？」

「実は、社長から俺に会社の社長をやってくれないかと言われたんです。でも、いきなりそんなこと言われて、俺も自信がないというか……。でも、社長の期待に応えたいという気持ちもあって……」

「そうか、それは人生の重大な決断だね」

「そうなんです。いろいろ独りで考えていたんだけど、ちょっとまだ……どうしていいのか……。もちろん、コンタ君の本の内容は十分理解してますよ。それを踏まえた上で悩んでいるわけなんです」

「そうか……」

「俺、どうすれば……」

「藤盛さん、ボク、藤盛さんのカウンセラーになるって言ったけど、今日で最後にするね」

「えっ、どうして？」

「この前も言ったように、カウンセラーに頼る人生って良くないからね。ほんとはもう藤盛さんは、ボクに相談しなくても、自分の力で十分生きていけるんだよ」

「そうですか……」

「それと、もうボクに敬語なんて使わないでほしいんだ」

「いや、もうこの形に慣れてしまって……」

「いやダメだよ。いや、ボクの方が悪かったね。こんな関係にさせてしまって……」

「いやいや、今更ですか？」

「ほらまたー。敬語は使わないでよ」

「はい、すみません」

「ちょっとー。ごめん、でいいって」

「あ、ごめん。いや、今更違和感があるなぁ。だって俺の会社で本を出版された作家先生でもあるんですから……」

「またそんなこと……。ボクはただの中学生。もうカウンセラーでも、先生でもないです。藤盛さんが敬語でしゃべってくるからボクも調子に乗って偉そうなこと言ってしまうでしょ。ボクに勘違いさせないでよ」

「ああ、すみません」

「ほんとに、これから一切敬語禁止！」

「よし、分かった！」

「はい、その調子」

「そうだねー」

「ハハハハハッ」

二人はいい雰囲気になって先程までの重苦しい空気はどこかへ行ってしまった。

「じゃあ、タメ口でしゃべるよ」

「もちろん、いいよ」

「俺のカウンセラーを今日で辞めるっていうのは分かった。でも、お願い。最後にどうしたらいいか、それだけは教えてほしいんだ。社長になるべきか、止めておいた方がいいのか……」

「ボク、もうカウンセラーじゃないし、相談には乗らないよ。自分で決めてね」

「えーーー。冷たいなぁ」

「自分の人生は自分で決める。それが大事だよ」

「そうか……」

「幸せになりたいんでしょ」

「うん、そうだね……」

「以前ボクが言ったこと、思い出して」

「ああ、そうだったね。俺、幸せになれるんだと思って、その時嬉しかったな」

「そうそう、その時の気持ちを思い出すんだ」

「んーーー、そうか……」

幸一は数秒間、黙って考えた。

「よし、決めた！」

「やるの？」

「よし、俺、社長になる。だって俺、一度死んだも同然だったんだ。死ぬ勇気があれば何でもできるんじゃないかって、今更ながら思うんだ……」

「ボクも応援するよ」

「ありがとう。人生、修行だもんね。いろいろ考えても仕方がないよね……」

「おおー、いい考えが身に付いたじゃない？」

「おかげ様で……」

「ハハハハハッ」

二人は大笑いして、幸一の決断を喜び合ったのであった。

第六章　幸　福

（よーし。俺は社長になるぞ！　もう俺は生まれ変わったんだ！）

次の日、幸一は固い決意で出社した。

「おはようございます」

幸一が事務所に入ると、すぐに女性社員の秋野が声を掛けてきた。

「藤盛さん、社長、また入院したらしいわよ」

「えっ？　大丈夫なんですか？」

「よく分からないんだけど、体調良くないみたいで……。それでさぁ。ここに入院しているから、藤盛さんに来るように伝えてくれって言われてさぁ」

幸一は嫌な予感がしながらも、病院名と病室番号が書かれたメモを渡されたので、すぐに病院に向かうことにした。

（やばいなぁ。社長にもしものことがあったらどうしよう……。俺の決断は……）

病院に向かう途中、幸一の頭の中はいろいろ余計な考えがグルグル回って心配で仕方がなく、落ち着かない気持ちのまま病室前に着いた。

（こんな気持ちのまま、社長に会うのも気が重いなぁ……）

幸一はそう思いながらも勇気を出して病室の扉をノックした。

コンコン。

中から返事がしたので、幸一はゆっくりとドアを開けた。すると、そこにはベッドに横たわった社長の姿があった。

「ああ、来てくれてありがとう」

社長は弱々しい声でそう言うと、上半身だけを起こし幸一を迎えた。

「社長、大丈夫ですか？」

幸一はただならぬ雰囲気にそう言うのが精一杯であった。

「ああ、なんとか……」

幸一はこんな状況で、自分の決断を伝える気にはなれなかった。

「藤盛君」

「はい」

「私はかなりやばいかもしれない……」

「えー？」

「実は……、癌なんだ」

「えー？」

「あと三カ月か半年か、それくらい持てばいいのかも……」

「社長、そんなこと言わないでくださいよ」

「いや、人間、いつかは必ず死ぬんだから仕方がないよ」

「社長……」

幸一は涙が出そうになり、言葉に詰まってしまった。

「藤盛君、社長になる決意、してくれたかな？」

幸一は涙をグッと堪えながら、力強く答えた。

「はい、ワタクシ、頑張ります」

「ありがとう……」

社長は涙をポロリと流しながら、ゆっくり手を差し出し、幸一に握手を求めてきた。幸一も両手で社長の手をしっかりと掴むと、我慢していた涙が頬を伝っていた。

「みんなには私から伝えるから……」

「ありがとうございます」

「私の願いを聞いてくれてありがとう」

「いえいえ、ワタクシこそ社長に出会えてほんと良かったです。お礼を言わなければならないのはワタクシの方です。ほんとにありがとうございます」

「いや、私も本当に藤盛君が我が社に来てくれてありがたいと思ってるよ」

「そんなこと……。こちらこそ、ほんとありがとうございます」

幸一は涙声でそういうのがやっとであった。

「それで……、もう一つお願いがあるんだけど……」

「はい、何ですか？」

「コンタっていう少年に、会わせてくれないか？」

「は、はい。それは大丈夫だと思います。でも、なぜ……？」

「コンタ君は我が社を救ってくれた人物だから。お礼を言わないといけない……」

「そうですね。ここに呼びますか？」

「いや、私もこんな弱った姿で、しかも病室で、というのは嫌だから……。病院に許可をもらって外に出るから、どこかレストランでも予約してくれるか？」

「はい、分かりました」

「それで、コンタ君はまだ未成年だからね。親も一緒に……」

「はい、コンタ君はお父さんがいないので、お母さんでいいですよね」

「ああ、そうだな」

「分かりました。早速連絡して、また報告します」

「ありがとう。よろしく頼むな」

幸一は病室を出ると、そのまま会社に戻り、早速笑美にメールした。

『笑美さん　こんにちは。突然ですが、我が社の社長がコンタ君にお礼を言いたいそうです。コンタ君と笑美さん一緒に食事でもいかがでしょうか。都合がいい日をお知らせください。よろしくお願い致します。藤盛幸一』

丸一日待っても、笑美から返事が来なかった。

(何かあったのかなぁ？　メールに気付いてないのかぁ？　もう一日だけ待ってみようか……)

それからも何の連絡もなく、さすがに幸一も心配になった。幸一は催促のメールをするかどうか迷っていたが、勇気を出してもう一度メールしてみた。すると、

『幸一さん　こんにちは。今日会えませんか。話をしたいことがあります。ケーキ屋の隣にある喫茶店で十九時に待ってます。笑美』

何とも意味深な返信があった。

(えー？　何かあったのか？　俺、何か機嫌を損ねることをやったのか？)

とりあえず幸一はドキドキしながらも、会社帰りに急いで待ち合わせの喫茶店へ向かうことにした。

幸一が喫茶店に着くと既に笑美は奥の席に独りで座っていた。

「こんばんはー。お待たせしました」

「ああ、幸一さん」

幸一は笑美の声のトーンがいつもと違うことに気付いたが、冷静を装いながら、テーブルを挟んで笑美の向かい側に座った。

「笑美さんから会いたいってメールが届いてびっくりしましたよー」

「ごめんなさいね。メールもらってたけど返事せずに……」

笑美はそう言いながら、下を向いたままであった。

(いつもの笑美さんと違う……。どうしたんだ……)

「いやー、返事ないからどうしたのかなぁって心配しましたよ」

「ほんとごめんなさい。アタシも急にメールもらって戸惑って……」

「えっ？　戸惑った？　どういうことですか？」

「幸一さん、あなた気付いてないの？」

笑美はやっと顔を上げた。

「えっ？　何、何、怖いなぁ？」

「気付いてないなら言うけど、幸一さんの会社の社長、アタシの父よ」

「えーーー？」

幸一の声が喫茶店中に響き渡り、幸一は慌てて口を押さえたが遅かった。

「知らなかったのね」

「そんなこと、知りませんよ。笑美さん、初めから知ってたんですか？」

「いやそんなこと、知ってたわけないじゃない。アタシが高校の時、両親は離婚して、アタシ、母に付いていったから、父とはずっと会ってないのよ」

「えーーー？　それなら何で分かったんですか？」

「出版契約書よ。代表者の名前のところにフルネームが書いてあったでしょ」

「ああー、あれですね」

「あれを見た時、動揺したわ」

「しかし、もの凄い偶然ですね」

「アタシも驚いたわ」

「そう言えば、社長、娘が一人いるって言ってた……」

「あの出版契約書、社長に渡したの？」

「はい」

「じゃ、おそらくアタシの父も気付いたはずね。アタシの名前、それ見て気付いたと思うわ。笑美って名前、父が付けたんだから。気付かないはずないわよ」

「そうなんですね」

「だから、太一にお礼を言うってのを口実に、アタシに会いたいって思ってるんじゃないかなぁって……」

「そうか……。俺には何も言わなかったけど……」

「だから、すごく迷って……。父のこと、もう過去のこととして封印してた、って言うか、もう一生会わないだろうな、って思ってたから……」

「そうか……。それでメールの返信がなかったんですね」

「そうなの……。ごめんなさい」

「いやー、良かったー。嫌われたのかと思いましたよ」

「そんなことないわよ」

「それで、どうするんですか？」

「すごく迷っているの……。今更って気もするし……」

「笑美さん、ぜひ会ってください」

「えー？」

「社長は笑美さんのお父さんです。絶対会うべきです」

「……」

笑美は幸一の力強い言葉に圧倒されながらも、まだ迷っている感じであった。

「笑美さん、あなたのお父さんは……、今、末期癌なんです」

「えーーー？」

「もうあと三カ月くらいかもしれません」

「えっ？」

「それでも会いませんか？」

「……」

笑美はまだ結論を出せず、はっきりと返事をしなかった。二人の間には数分の時間が流れ、幸一はただ笑美の返事を黙って待っていた。すると、笑美は急にポロッと涙を流しながら、小さな声で応えた。

「アタシ、会いに行くわ……」

「良かったー。決断してくれて」

幸一は笑美の言葉に胸を撫で下ろした。

「いや、ちょっと待って。やっぱりこのまま会わない方がいいのかしら……」

「何言ってるんですか。たった今、会うって言ったじゃないですか」

「いや、アタシ、今更どんな顔して会ったらいいのかって……」

「そんなこと考えたって仕方がないでしょ。考えても仕方がないことは考えない」

「なんか聞いたことある言葉……」

そう言われて、幸一はハッと気が付いた。コンタに言われたことを自然と自分が口走っていた。

「まぁ、そんなことはともかく、いいですか。笑美さんのお父さんはいつまで生きているか分からないんですよ」

「分かったわ。アタシ、勇気を出して会ってみるわ」

「じゃ、これで決まりですね。また日程と場所が決まったら連絡します」

「はい……」

幸一は家に帰る途中、先程知った事実に、頭の中がパニック状態であった。

（まさか、社長と笑美さんが親子だったなんて。そんな偶然ってあるのか？　一体俺の周りの人達って、どうなっているんだ？？？　どこからどこまで繋がっているんだ……）


数日後、社長の希望通り四名での昼食会が決定した。入院中の社長の体調はその日に合わせるかのようになんとか回復し、無事病院から一時帰宅の許可も出ていた。幸一は社長と笑美の二十数年ぶりの再会を演出しようとイタリアンレストランの個室を予約し、後はその日が来るのを待つだけとなった。

いよいよ会食当日。幸一は緊張で前夜あまり眠れなかったが、社長と笑美はそれ以上に緊張しているのだろうと幸一は想像していた。

社長と幸一は先にレストランに到着し、食事をする個室で二人がやってくるのを待っていた。社長は幸一が事情を知っているとは、全く気が付いていないようであった。社長と幸一は着席して雑談しながら待っていたが、なかなか二人は現れなかった。約束の時間は過ぎていたが、一向にやってくる気配がない。たった十分間くらいだが、幸一にとってはもの凄く長く感じ、冷静を装いながらも内心ハラハラドキドキしていた。

（もしかして、この期に及んで怖気づいたのか……。すっぽかしってことはないよなぁ）

と、嫌な予感もしていた。しばらくすると、社長との会話もほとんどなくなり、

「遅いですね」

「そうだな」

そんな会話くらいしかできなかった。

「すみません、ワタクシ、ちょっとケータイに電話してみます」

幸一が席を立った瞬間、
コン、コン
ドアがノックされた。

一瞬、間があったかと思うと、「ガチャ」という音と共に、ドアがゆっくり開き、コンタの姿が現れ、その陰に隠れるように笑美の姿が見えた。そして、笑美は社長の顔をチラッと見た瞬間に下を向いた。すると、社長は急に立ち上がり、

「笑美！」

と、呼んだ。笑美が顔を上げ社長の方を見ると、笑美のその目には今にもこぼれ落ちそうな涙が溜まっていた。

「笑美！」

社長はもう一度名前を呼ぶと、笑美のそばに歩み寄った。笑美はハンカチを持った手で涙を拭く仕草をしながら、

「お・と・う・さ・ん……」

笑美は涙声でそういうのがやっとだった。

「笑美、ごめんな」

社長は笑美の肩を抱き寄せると、笑美は社長の胸の中でただただ泣きじゃくるだけだった。社長も涙を流しながら、優しく笑美に声を掛けた。

「本当にごめん……。笑美……、来てくれてありがとう……」

「いや、アタシこそ、ごめんなさい」

「笑美が謝ることはない。全部お父さんが悪いんだよ。本当にごめん。今日お父さんがここにいるって、知ってたのか？」

「……」

笑美はうなずきながらハンカチで涙を拭いていた。幸一は近くで二人を見ながら涙を堪えるのが精一杯であった。一方、コンタはその光景を冷静に無表情のままただ見ているだけで、何もしゃべらずじっと突っ立っていた。幸一はそんなコンタを見て事前に笑美から事情を聞いていたんだろうと悟った。

社長はただただ涙を流すばかりの笑美の肩を優しく抱き寄せながら、一瞬、コンタの方に目を向けたかと思うと、笑美からそっと離れ、コンタの傍に歩み寄った。

「初めまして、君がコンタ君？」

「はい、今東太一です」

「そうか、太一君ね。太一君、出版おめでとう。中学生なのに、もう立派な作家だな」

「いえ、そんな……」

コンタは照れ臭そうにしていた。

「とてもあんな作品書けないよ。大人だって無理だよ」

「いえいえ」

「ほんとありがとな。おかげでうちの会社も助かったよ」

「……」

コンタはいつもの感じとは違って、恥ずかしそうにしていた。

「じゃ、せっかくなので食事にしましょうか」

幸一は頃合いを見計らってみんなに声を掛け、席に着かせようとした。

「じゃ、笑美さんが奥、その横にコンタ君にしましょう」

幸一がそう言うと、社長は笑美の前に、幸一はコンタの前に座った。幸一はこの緊張感ある雰囲気を和らげようと、何かしゃべらないと、と考えていたが、それにふさわしい言

葉が思い浮かばなかった。すると社長が、

「本当に今日はありがとう」

と、口火を切った。そして続けて、

「こんな日が来るとは夢にも思わなかったよ。いやー、本当は笑美に会いたいって夢で思ったかな」

と、冗談っぽく発したところで、笑美も幸一もちょっとだけクスッとし、一気に重苦しい雰囲気が和んだ。既に笑美の目からは涙は消えていて、いつもの笑美の表情に戻っていた。

「アタシもよ。お父さんに会えるなんて夢にも思わなかったって、言いたいところだけど、夢には何度も出てきたわよ。勝手に」

「おいおい、勝手にって、そんなこと言うなよ」

そんな会話でまた笑いが起き、幸一もホッとしたのであった。すると社長が急に、

「藤盛君、私が笑美の父親って知ってたのか？」

と、幸一に尋ねた。幸一は慌てて、

「いや、まぁ……」

「えー？　知ってたのか……」

社長は半分笑いながら恥ずかしそうにしていた。

「いつから知ってたんだ？」

「いや、ついこの前です。この食事会を設定した時、笑美さんから聞かされて……。ワタクシも驚きましたよ……」

「いやー、本当に私も驚いたよ。まさかとは思ったけど……、ワハハハッ……」

幸一は社長の上機嫌な様子にホッとした。

「皆さん何飲みますか？」

「今日はめでたいから、シャンパンで乾杯しよう」

「えっ？　社長、お酒、飲まないんじゃ？」

「いいんだよ。今日は特別だ」

「そうですね」

幸一はシャンパンを頼みながら、今日は本当にいい日になったなと心の中で喜んでいた。

(ほんと良かった。二十年以上全く会っていなくても、さすがに親子っていいなぁ。すぐに家族に戻れるんだ。ほんと凄いなぁ)

「コンタ君、いや太一君」

「はい」

「初めましてだね」

「はい」

「本当は太一君の出版祝いに二人を誘ったつもりだったんだけど、こんなことになってしまってごめんね」

「いえいえ」

「もう分かったと思うけど、太一君のおじいちゃんってことになるな」

「そうですね」

「本当にごめんな。自分に孫がいるなんて全く知らなかったよ」

「……」

コンタはただ苦笑いして言葉を発しなかった。

「本当にこんな日が来るなんて……。これは藤盛君のおかげだな」

「いやいやとんでもない。ワタクシは何も……」

幸一は謙遜しながらも、確かに社長の言う通りかもしれないと、心の中で密かに満足していた。そうこうしているうちに、シャンパンとコンタのジュース、それに続き食事も出され、社長の乾杯の言葉で食事会が始まった。そして、ちょっとお酒が入ると、親子の思い出話となった。

「笑美が幼い頃は目が大きくて可愛かったよー」

「もー、そんなこと言わないでよー。恥ずかしいじゃない」

「思い出すのは小学生くらいの頃までだな。いろいろ遊びに連れてって……。でも、笑美が中学生になってからは、あまりいい記憶がないな……」

「アタシもよ。アタシ、思春期でそうとう荒れていたし……。もの凄い反抗期でねぇ。親には迷惑かけたわ……」

「まぁ、お父さんも悪かったな。そういうの、全部お母さんに任せっきりで……。避けてたっていうか……。仕事のせいにしてたのかもな。あまり家にも居なかったし……」

「もう、あの時は家族、ぐちゃぐちゃだったね」

幸一は今の笑美の明るい性格からは想像できない過去を初めて知り、自分の過去のことが頭に過った。

(人生いろいろあるんだな。自分だけが不幸だなんて思い込んでいたけど……)

「で、お母さんは元気にしてるのか?」

「そうね、再婚して幸せに暮らしているみたいよ」

「そうか……、それは良かった……」

社長は笑美の母親に関してはそれ以上何も訊かなかった。

「ところで、太一君、本当にいい本書いたね。凄いよ」

「いえいえ」

社長はコンタに気を使ったのか、笑美の話題ばかりで黙ったまま食事をしているコンタに声を掛けた。

「さすが、私の孫だな」

そこで、また笑いが起き、その場がまたもや和んだ気がした。

「あー、そうそう、今度、藤盛君に社長をバトンタッチしようかと思って……」

「あー、太一から聞いたわよ。凄いじゃない幸一さん」

「いやいや、自分に務まるかどうか不安ですけど……」

「大丈夫よ。幸一さんなら……」

「よっ、社長！」

コンタが幸一をからかったように小さな声で言うと、幸一も照れ臭そうにして、

「こらー」

と、言ってその場を取り繕った。すると、これまでずっと黙ってみんなの話を聞いていたコンタが急にしゃべり出した。

「あのさー、ボク……、この場面、見たことある」

それを聞いた三人は一瞬、何言いだしたの？　という顔をしてコンタの方に注目した。

「ボク、まさにこの光景……覚えてる……」

「えっ？」

幸一が思わずそう発すると、

「でも、ボク……、今まで勘違いしてた……。この光景を見た時、てっきりこの四人は家

族だって思ってた……」

「ん？」

「お母さんとお父さんとおじいちゃんとボク。だから、藤盛さんと出会ったあの時、思わず、お父さんって言ってしまったんだ……」

幸一はコンタと初めて出会った時のあの場面を鮮明に思い出した。幸一は戸惑ったが、

「ああー、そんなことあったねぇ。そうだったんだ。でも、コンタ君の勘違いだったんだね。ハハハッ」

幸一は笑ってごまかした。

「勘違い？　いや、そうじゃないよ。今から家族になればいいじゃない？」

「何、冗談を……」

幸一は慌てて否定したが、そこですかさず社長が切り出した。

「あー、それはいいねー。藤盛君が笑美と結婚？」

「社長、何冗談言ってるんですか……」

「いやいや冗談じゃないよ。真剣な話だよ。そうなれば息子に社長を譲るってことで円満解決じゃないか」

「えーーー？」

幸一はこれまでの人生で「結婚」ということを一度も考えたことがなかった。というの

も、そんな勇気も無く、そんな相手も居なくて結婚どころか、恋愛すらも自分で諦めていたからだ。急にそんな話になり、幸一はかなり動揺していた。

「なあ、笑美。どう思っているんだ、藤盛君のこと……」

社長がそう言うと、笑美はニコニコしながら、

「そうね……。なんかアタシも運命のような気がしてたわ」

と、幸一にとって信じられないような言葉を発した。幸一の心臓はドキドキしていて、まさかこんな展開になろうとは全く予想もしていなかった。

「で、藤盛君はどうなんだ、笑美のこと？」

「は、はい。いやー、ワタクシにはもったいないくらいで……」

「そんなことないよ。私が採用したくらいだから、自信を持っていいんだよ」

「いやー、ちょっといきなり過ぎて、心の準備が……」

「よし、分かった。今から心の準備をする時間をあげるから、ちょっと考えてみてくれよ」

「は、はい。分かりました」

と、幸一は返事をしたが、頭の中が真っ白になり考える能力を失っていた。しかし、幸一は無意識に椅子から立ち上がっていた。そして、急にしゃべり始めた。

「笑美さん、実は……、一目惚れしました。初めて会った時、笑美さんの明るい性格に惹

かれたというか、ほんとに素敵な人だと思っていました。好きです。俺と結婚してください」

幸一はとっさに出た言葉に自分でさえもびっくりして、さらには最高潮のドキドキであった。そして、まともに笑美の顔を見られずに、下を向いたまま恥ずかしそうにしていた。

「はい、喜んで。よろしくお願いします」

と、笑美はいつもの笑顔で応えた。

社長とコンタが拍手する中、幸一と笑美は照れくさそうにしていた。幸一は何度もペコペコと頭を下げながら、真っ赤な顔で正面のコンタの笑顔を見ていた。

（コンタ君……、ありがとう……、まさか俺が……）

すると社長が、

「おめでとう。じゃ、これでみんな家族だな」

と、言うと続けてコンタも、

「やっぱり、ボクが見たのは、ほんとのことだったんだね」

と、目を輝かせながら嬉しそうに言った。

「じゃ、結婚祝いということで、もう一度乾杯しようか」

社長がそう言うと、みんなは手にグラスを持った。そして、社長は嬉しそうな顔で、グ

ラスを高く上げ、

「それでは、改めて。藤盛君、笑美、結婚おめでとう。カンパ〜〜〜イ」

「カンパ〜〜〜イ」

カーン、カーン、カーン！

グラス同士が重なる心地いい音色が部屋中に響き渡った。

（これが幸せっていうものか……）

そう思うと自然に、幸一の目から一粒の涙がポロッと流れ落ちた。幸一はこれまで生きてきて、数えきれないくらいの涙を流してきたが、この涙はかつてないものだった。

（やっぱり俺、この世で一番の幸せ者……、幸一だ……。生きてて良かった……、ありがとう……、コンタ君……）

その瞬間、幸一はなんとも言えない感覚になり、急に鳥肌が立った。

（なぜ？　鳥肌が……？　幸せを感じると鳥肌が立つのか……）

すると今度は一転して、頭の中がフワフワとしたような感覚に包まれ、身体全体が温かくなってきた。

（あれ？　なんか身体が浮いている気がする……。あれ？　この感覚どこかで一度……。なんだ？　この感覚……。あー、気持ちいいなぁ……。あれっ？　俺？　あれっ？　みんながあんなところに……）

幸一は四人がテーブルを囲んでいる姿を上から眺めていることに気付き驚いた。

(あれっ？　自分は一体どこに居るんだ？……)

幸一が見ている光景は、さっきコンタが、

「ボク……、この場面、見たことある。まさにこの光景……」

と、言ったそのもののような気がした。

幸一は自分の感覚が変になり、頭の中が混乱していた。

(あれ？　おかしいな？　一体どうなってんだ？)

幸一は訳も分からず、しばらく黙って、楽しそうに会話している四人を上の方から見ていた。

第七章　惜　別

「ねえ、ねえ、藤盛さん」

　急にコンタの声が聞こえた。幸一は周りを見渡したがコンタの姿はなかった。ただただ何もない景色で、ここがどこなのか、不思議な感覚だった。

（一体どうなってるんだ？　さっきコンタ君に呼ばれた気がしたけど……）

　幸一はすぐに下を見渡すと、やっぱりコンタは椅子に座ったままで、みんなとおしゃべりをしている様子が見えるだけだった。

「ねえ、藤盛さん」

「えっ？」

「ボクだよ、コンタ」

「えっ、コンタ君？」

「そうだよ。まだ分からないの？」

「どこにいるの？」

「藤盛さんのすぐそばだよ」

「どういうこと？」

「死後の世界の一歩手前のところ……」

「えっ？」

「今、藤盛さんとボクはそこに居るんだよ」

「えっ？」

「まだ分からないの？　だったら教えてあげるよ。藤盛さん、ボクのマンションから飛び降りたでしょ」

「えっ？　いや、俺は……、コンタ君に助けられたけど……」

「いやいや、ボク、助けてないよ」

「えっ？　俺、飛び降りたの？」

「そうだよ」

「えーーー、俺、死んだの？」

「そうだよ」

「いや、いや、俺、死んでないって……」

「やっぱり、気付いてなかったか……」

「気付いてないって、死んだことを？」

「そう」

「俺、ほんとに死んだのか……？」

「いや、厳密に言うとまだ死後の世界に行ってないから、死の一歩手前の世界に居るんだけど……。聞いたことあるでしょ。三途の川。まぁ、そう思ってくれればいいかな」

「嘘でしょ」

「ほんとだよ。ここでボクとさよならすれば、ボクのお父さんと同じように死後の世界に行ってしまうよ」

「えーーー、ちょ、ちょっと待って。たった今、幸せを噛みしめていたのに……」

「藤盛さん、自殺する前、一度だけでも幸せを味わってから死にたいって思ったでしょ。だから、それを味わってもらったというわけさ」

「えーーー、そんな……」

「だって仕方がないじゃない。死ぬって決意して、飛び降りたんでしょ。もう過ぎ去ったことは変えられないよ」

「いやいや、これ夢でしょ」

「まだ分からないの。もう藤盛さんは生きていないんだよ」

「そんなバカな……」

「ほら、下を見てみてよ。藤盛さん、楽しそうにしてるでしょ。ああなるはずだったのに……」

「確かに、俺はあそこに居るけど……。そんなことって……」

「あの時自殺しなければ、こんな人生が待っていたんだよ……」

「いやいや、ちょっと待ってよ。コンタ君、俺、ほんとに自殺したの？」

「そうだよ」

「えー、なぜ助けてくれなかったの？」

「助けようとしたけど、間に合わなかったんだ」

「……」

「まぁ、そんなこと今更言ってもどうしようもないでしょ」

「なんてことだ……。やっぱり俺の人生は……」

「そんなこと言わないでよ。ボクだってほんとは悲しいよ。だって、藤盛さん、ボクのお父さんになるはずだったんだよ」

「ちょ、ちょっと待って。どこまでが現実なの？」

「どこまでって、藤盛さんが自殺した時までが現実だよ」

「えっ？　あのノートをくれた時は？」

「んーーー、あの場面からはこの世界で体験した幻想のようなもの……」

「嘘だ！　コンタ君は、俺のことを……。幸せになれるって言ってくれたじゃないか」

「ああ、そう言ったけど、それも幻想の世界でのこと。でも、ボクが言ったのは、幸せになれば分かる、って言っただけだよ。さっき、幸せを感じたでしょ。俺はこの世で一番の幸せ者……、って思ったよね」

「そりゃそうだけど……」

「幸せを味わってどうだった？」

「ん？　まぁ、それは……。俺の人生で一番嬉しかったし、最高って思った……。そうだな……、コンタ君に感謝してたっていうか……」

「そうだね。何かいい事があるたびに、ボクに感謝してたね」

「まぁ、自然とそういう感情になったのかなぁ……」

「そんな誰かに感謝する行為が、さらにいい事を呼び寄せるんだよ」

「そうか……」

「まぁ、藤盛さんは一度だけでも幸せを味わったってことだよ。だから、やっと全てが分かる時が来たようだね」

「そんなことって……」

幸一は改めて下の方を見渡してみたが、もうそこには四人の姿はなく、今まで見たこともないような暗くも明るくもない場所、いや大きな川が流れているような、綺麗な花が沢山咲いているような……。なんとも表現できない光景が広がっていた。

「確かにこんなところ来たことないし、見たこともない……」

「そりゃそうでしょうね。人は死なないとここには来られないから……」

「もしかして、あれが三途の川？」

「まぁ、そうだね。藤盛さん、自分が今居る場所、理解できた？」

「いやー、だって、自分の姿も見えないし……」

「そうか……。まだよく理解できないんだね」

「そうだよ。信じられないよ……」

「信じられなくても、そうなんだよ。魂だけがここに居るってこと」

「魂？」

「そう、もう自分の身体からは抜け出しているから魂だけ……」

「えーーー？」

「でも、やっと藤盛さんの疑問に答えられる時が来たね。なぜボクが藤盛さんの為に何年も掛けてノートを書き上げたのか」

「今更もう遅いよ」

「いや、遅くないよ。これから藤盛さんは死後の世界に行くけど、また生まれ変わって現実世界に戻ってくるからね。その時の為に、知っておいた方がいいことがあるんだ」

「……」

「実はボク、五歳の時に一度、死後の世界の一歩手前、ここに来たことがあるんだ。あの日だよ。藤盛さんが一回目の自殺に失敗した時」

「え?」

「あの日、ボクはマンションの外廊下で走って転んで気を失ってしまった。その時、初めて自分の魂が身体から抜け出して、ここに来たというわけさ」

「まじか……」

「で、その時、お父さんも丁度亡くなった直後だったんだ。それで、ここで出会ったの。でも、出会ったと言っても、お互いの姿は見えないけど会話している、そんな感じで。お父さんの魂とボクの魂がここで繋がったんだ。丁度今、ボクと藤盛さんのように。ボク、父さんと沢山話ができてとっても嬉しかったよ。お父さんの子供の頃の話とか、いろんなことを話して……。その時、お父さん言ってた。俺の親友は藤盛だけだったって。でも、中学卒業して会えなくなったのが寂しかったって。ほんとに真面目でいいやつで優しかったなぁって」

「えー? 俺のことを……」

「そうだよ。だからボクとお父さんは、この世界から藤盛さんを捜して、ずっと上から見てたんだ。お父さんが教えてくれたよ。あれが藤盛だって……。信じられないかもしれないけど……」

「えーーー? 過去に行けるってこと?」

「まぁ、過去に行けるっていうか、ここでは時間というものが存在しないからね」

「えーーー？　俺の全てを知ってるってこと？」

「いやいや、そんな……。でも、子供の頃から、よく独りで泣いていたね」

「ちょっと、止めてくれよ。恥ずかしいなぁ」

「まぁ、いいじゃない。もう過去のことだから……」

「……」

「それでさぁ。ボクのお父さんは最後に『もうこれでお別れだね』って。『お母さんと藤盛をよろしく頼む』って。それと『お母さんの言うことをちゃんと聞くんだよ。ボール遊びにも気を付けてね』って。そうボクに告げると、死後の世界に行っちゃったんだ」

「そうか……」

「ボクは『お父さん、お父さん』って何度も呼び続けたけど、もう戻ってこなかった。ボクは悲しくてずっと泣いていたんだけど……。しばらくして、ボクも『そうか、お母さんと藤盛さんを助けなきゃ』って。ずっと二人を助ける方法を考えていたなぁ。そうしたらいつの間にか現実世界へ戻って……。気付けば病院のベッドで寝ていたっていうことなんだ」

「えーーー？　生き返ったってこと？」

「まぁ、そうだね。意識不明状態だったから……」

「そうか……」

「一度生き返って、お父さんから言われたことを守る為に、頑張ったんだ。本を沢山読んで、沢山知識を身に付けて、あのノートを書き上げて……。もうちょっとで、あのノートを渡せるはずだったのに……」

「そうか……。俺に渡すはずだったんだ……。でも、今、なぜコンタ君まで俺と一緒のところに居るの？」

「うん、実は……。ボクも藤盛さんと一緒に落ちてしまったんだ……」

「えーーー？」

「そんなに驚かないで。藤盛さんは悪くないんだから……」

「……」

「あの時助けようとして、後ろから藤盛さんを掴んだまでは良かったけど、一緒に落ちちゃった」

「えっ？　そんな……」

「違うんだ。ボク、藤盛さんの上に落ちたから、クッションになって助かったの。今、意識不明の状態。だから、また魂だけがここに来ちゃった。悪いけど藤盛さんは即死で、ボクはまだ死んでないんだよ」

「えっ？　俺だけ死んだのか……」

「そう。ボクはまた現実世界に戻らなくちゃならないんだ……」

「俺は戻れないの？」

「無理だね。即死だから……。まぁ、いいじゃない。あのノートにも書いてあったでしょ。現実の世界は地獄だからね……」

「まぁ、そう書いてあったけど……」

「ボクはまた地獄の世界に戻るんだよ。そっちの方が辛くない？」

「いや、いや、ちょっと待ってよ。俺のせいで……。コンタ君を巻き込んでしまったの？」

「いやいや、そんなこと思わないでよ。ボク、ここに来たこと後悔なんかしてないんだから……。おかげ様で謎が解けたっていうか、分かったことがあったんだ……」

「ん？　どういうこと？」

「ごめん、ちょっと話が脱線してしまったね。話を元に戻すけど、ボクがノートを書いた理由。それは、この死後の世界の一歩前のここで、お父さんから、藤盛をよろしく頼むって言われたからだよ。ボクが現実の世界に戻ったのは、藤盛さんをなんとか幸せにするという使命があったんだ。だから、ボクは頑張ったんだよ。沢山本を読んで……。まぁ、お母さんもお父さんを亡くしてしまって、ほんとに辛そうにしてた時期だったから、お母さんの為っていうのもあるけどね……」

「そうか……」

「それでさぁ。やっと書き終えて、まさしく藤盛さんに渡しに行こうと思っていた時だったんだよ。ボク、書き終えるのが遅かった……。もう少し早ければ藤盛さんも自殺しなくて済んだのに……」

「いや、いや。コンタ君のせいでは……」

「それでさぁ、実は、ボク、ずっと気になっていたことがあって……。お父さんから最後に『お母さんの言うことをちゃんと聞くんだよ。ボール遊びにも気を付けてね』って言われたことがよく理解できてなくて。言うことを聞くってのは分かるけど、『ボール遊び？』って」

「そうだね……。ちょっとよく分からないね」

「ここに来て、分かったんだ。さっき」

「えっ？　さっき？」

「そう、さっき。どうしても気になることがあって、あの日、藤盛さんが一回目の自殺しようと決意したあの日を見てしまったんだ。この世界には時間というものがないでしょ。だから、過去にも行ける。だからついあの日のことが気になって……」

「えーーー？　何を見てしまったの？」

「そうだよね。気になるよね？」

「そう言われれば俺だって気になるよ」

「じゃあ、その日のこと、ボクが見たことを話すね。まず、藤盛さんが一度目の自殺を決意して、マンションに向かう途中の出来事だけど……」

「えっ？　何？」

「藤盛さんは信号を渡ろうとした時、一瞬何かにつまずいたんだ」

「俺がつまずいた？　そんなこと全く覚えてないな」

「だろうね」

「で、それがどうかしたの？」

「それで藤盛さんは信号を渡れなかった。それが人生を変えたんだ」

「え？　どういうこと？」

「あの信号を渡れなかったことで、いや、ちょっと一瞬つまずいたことで、時間が狂ったんだ」

「……」

「それで、藤盛さんがマンションに着いた時、すんなりとマンションの中に入れなかったの。マンション住民と一緒に紛れて中に入るタイミングが狂ったんだよ」

「へー、そう」

「だから、結局五分程、十階に来るのが遅れたんだ」

「ちょっと待って……。じゃ、あの時、俺がつまずかなかったら、時間が狂わずに誰もいない十階に着いて……。ということは、俺は一回目で自殺してた？」

「そういうこと。ほんの数分遅れたから、藤盛さんが来る前にボクのお父さんがタバコを吸おうとして外に出たんだ」

「俺がコンタ君のお父さんより先に来てれば……。そしたらコンタ君のお父さんは自殺しなかった。順番が狂った。いや、俺のせいで……」

「藤盛さんのせいじゃないよ」

「いや、俺のせいだ。俺、コンタ君のお父さんまでも……」

「いや、違うよ」

「八年前……、俺が先に死んでおけば、コンタ君のお父さんは……。コンタ君ごめんなさい。大切なお父さんを……」

「いや、違うんだって」

「……」

「実は……、藤盛さんのせいじゃなくて、ボクのせいなんだ……」

「えっ？」

「お父さんは自殺したんじゃないんだ」

「えっ？　ちょ、ちょっと待って。それ、どういうこと？」

「実は……、ボクのお父さん、自殺じゃなくて事故、っていうか、足を滑らせて落ちてしまったんだ」

「えっ？」

「というのは、実はあの時、ボクのお父さんはただあの場所でタバコを吸っていただけなんだ。いつものように。でも、タバコを吸い終わって背伸びをして部屋に戻ろうとした時に、ボクの野球ボールが外廊下の上の雨どいのところに引っ掛かっているのを見つけてしまったの。それでお父さんはそのボールを取ろうとして、手すりのところへ登ってしまったんだ。それで足を滑らせて……」

「えーーー？」

「ボク、廊下でボール遊びはダメだってお母さんに言われていたんだけど、ある時、ボクは独りでボールをバウンドさせて遊んでいたんだ。で、その時そのボールが上の雨どいに引っ掛かってしまったというわけ。ボクはそこでボール遊びをしていたのがバレて怒られるんじゃないかと……。それで、そのままにして黙っていたんだ」

「えーーー。そんなことって……」

「ボク、さっきその事を知って……。かなりショックだったよ。だってボクのせいでお父さんが命を落としてしまったんだよ。ボクのお母さんにとっても大切な人を……」

「そんなことってあるんだ……」

「だからお父さん、あんなことをボクに言ったんだね。やっと理由が分かった」

「でも、それは辛いね……」

「すっごく辛いよ……。でもさー、お父さんは修行が終わったということで納得したんだ。自殺でも事故でもないって。でも、ボクはこれから現実世界に戻って、その事実を受け止めて生きていかなければならないんだ。やっぱりそれは辛いなぁ。いくらお父さんの運命だったとしても、事実を知ってしまうとね。結局さぁ、お父さんが亡くなった原因が分かったところで、何もいいことないよね。ボクのせいだと思ってショックを受けて、それを受け止めて死ぬまで生きていかなければいけないんだから……。知らなくていいこともあるんだね。やっぱり不幸の原因追究はやめた方がいいね」

「ノートにそう書いてたね」

「あともう一つ分かったこと。それは、ちょっとしたことで、人生が変わるってこと」

「そうか……」

「全く覚えてもいない日常のこと、ほら、あの時のつまずき。それが生きるか死ぬかそんなことにまで影響するんだよ。自分だけじゃなく、他の人にまで……」

「俺はその時まだ死ぬ時期じゃなかったんだね」

「そうだと思う。まぁ、ボクだって、藤盛さんが二度目の自殺をしようとしたあの時、なぜあんな時間に急に目が覚めたのか……。目覚めなければ、ここに来ることはなかったし、お父さんが亡くなった理由も知ることはなかった。今思うと不思議だね。やっぱりボク、この時期にここに来る運命だったんだよ」

「俺は死ぬ運命で、コンタ君はまだ生きていく運命？」

「まぁ、そういうことかな？」

「今頃、コンタ君のお母さんは心配していると思うよ。現実世界では意識不明の状態が続いているんでしょ」

「まぁ、心配しているかもしれないけど、たぶんお母さん、分かってると思う。また、ボクの意識が戻って生き返るって。ボク、ほら一度この世界に来て、お父さんと会ったじゃない。その時のこと全部お母さんに伝えているから。ここでお父さんと話した藤盛さんのことも……」

「えーーー？　俺のことも……。ああ、そうか……。だから俺のこと知ってたんだ……」

「そういうことだよ」

「そうだったんだ……」

「ボク、藤盛さんとお別れしたら、すぐに現実の世界、いや地獄の世界に戻るから……」

「俺とお別れ？　せっかくコンタ君と出会えたのに……。俺ももう一度戻ることできないの？」

「それは無理でしょ。自ら決意して飛び降りたんでしょ。だって即死だよ」

「そう言われると、俺も辛いなぁ。俺、自分の人生に耐えきれずに自殺してしまった……。何もかもうまくいかない人生だったけど、最後の自殺だけはうまくいったのか……」

「それって、うまくいったのかなぁ……」

「俺、今更ながら後悔するなぁ……」

「うん、もう少しの辛抱だったね」

「一度自殺をしようと決意したけど、修行する為に生かされた……。それなのに俺は……」

「そう、一度は生かされたんだよ。それなのに藤盛さんはその後、心を改めることなく、またしても自殺を決意してしまった……同じ過ちを繰り返してしまったね」

「……」

「あと数日我慢すれば、ボクと出会って、ノートを読んで、結婚して、社長になって……」

「いやいや、ちょっと待ってよ。俺、まだ信じられない。ほんとは飛び降りようとしたけど、コンタ君に助けられたんじゃないの？」

「だから、言ってるじゃない？　それは藤盛さんに幸せを味わってもらう為に、ボクが藤盛さんに見せた幻想だって」

「幻想か……」

「ほんとは幻想じゃなくて、もし藤盛さんが生きてれば歩む人生だった……」

「……」

「さっきも言ったけど、ここでは過去に行って、その場面のことが見られるじゃない？」

「ああ、そうだね」

「でも、未来には行けないんだ。未来はまだ来ていないから」

「そうなんだ……」

「でも、未来は創造することができるんだ。いや、造る方の創造でもあるけど、想う方の想像も……」

「ん？」

「これまで藤盛さんが体験した幻想の世界は、ボクが思い描いた想像。でも、実はその世界は藤盛さんが歩むはずだった人生なの」

「えーーー？」

「ボク、藤盛さんに出会った時、『お父さん』って言ったよね」

「ああ、もちろん覚えてるよ」

「ほんとにお父さんになるはずだったんだよ」

「冗談じゃなかったんだ……」

「だから、わざと敬語は使わなかったんだよ」

「そうだったんだ……」

「実は人間って、誰かが思い描いた人生を知らず知らずのうちに体験しているだけ」

「そんなバカな……」

「そう思うのも無理ないね。でも、藤盛さん、ボクが想い描いた通りに幸せを手に入れたでしょ」

「でも、それって結局……幻想じゃ……」

「いやいや、ほんとはそうなるはずだった。未来は変えられるって言われるけど、まさに藤盛さんの未来はボクが変えたんだから……。幸せになるように……。でも、藤盛さんは自らの力で、ボクが創り上げた世界を変えてしまった」

「さっきからコンタ君の話を聞いていると、ほんと訳が分からなくなってしまうなぁ……」

「そうだろうね」

「俺の人生はコンタ君が創り上げたってこと？」

「藤盛さんが四十一歳を過ぎて、ボクと出会ってからの人生はね。でも、それまでの人生はボクも知らない誰かが創り上げたものじゃない？」

「えーーー？　そうなの？　だったら誰が俺の人生をこんなに辛いものにしたんだ？」

「そんなこと考えたって分からないよ。何度も言ったけど、考えたって仕方がないことは考えない！」

「そうか……」

「でも、誰かではないかもしれないね。藤盛さんの場合は、自分でそういう人生を選んだのかもしれないよ」

「……」

「今もそうだけど、誰かのせいにばかりしてた……」

「……」

「そんな藤盛さんの未来を変えようとして、ボクは頑張ったんだけど……。でも、藤盛さんがまた無理に変えてしまったね」

「せっかくコンタ君が俺を幸せになるようにしてくれたのに……。俺ってバカなことを……」

「いやいや、藤盛さんのせいではないよ。自分のせいにしても落ち込むだけでしょ。ボク、ノートに書いてたでしょ。そんな原因探しは止めた方がいいって」

「そうだったね……」

「人生って、どんどん変えられていくんだよ。誰かが創り上げたもの、自分で考えたもの、でもまた、それを誰かが上書きしてまた変えられる。それの繰り返しなんだ。ちょっとしたことでも変わるし……」

「そうなんだ……」

「だから、いろいろ考えても仕方がないんだ。自分の考えが及ばないところで、誰かが創り上げるでしょ。そうなるとその人だけでなく、周りの人まで巻き込む。もうそうなると訳が分からないよ。人生は複雑怪奇。ほんといろいろ考えてもなるようにしかならないんだから……。そう思って割り切ることも必要さ。悩んでも仕方がないってね」

「そうか……。でも、やっぱり俺、後悔するなぁ。死んでしまったんだから、未来はないってことでしょ」

「いやいや、藤盛さんの未来はまだあるよ。死後の世界」

「死後の世界に行ったら終わりでしょ。俺に未来なんて……」

「いや、また生まれ変わるんだから……。さぁ、覚悟はできた？　そろそろ死後の世界に行った方がいいよ」

「いや、もうちょっと考えさせてくれ」

「まだ覚悟できないの？」

「今更思うけど、自殺ってほんといいことない……。でも、俺、ほんとに辛い人生だったんだから……。それは分かってくれよ」

「うん、分かるよ。藤盛さんがどんな人生を歩んできたのか、あの時お父さんと一緒にこの場所から見たから……」

「まぁ、思い返すと、俺、自分の人生を悲観ばかりしてたなぁ。自分の運命を嘆いてばかりで……」

「そうだね。嘆いていたね。でも、もう分かったでしょ。自分の運命を嘆くと不幸は増幅するんだよ。何もいいことはない」

「そうか……。俺もやっと気付いた……。でも、コンタ君に教えてもらって良かったよ。コンタ君のお父さん、いや、健太にも感謝だな。健太がコンタ君に俺のことをよろしく頼むって言ってくれなかったら、俺、何も分からず、人生を悲観したまま死後の世界へ行ってた。ほんとは健太のことを羨ましくて、嫉妬して、避けてて……。そんな俺のことを……。俺、自分のことを気にかけてくれている人なんかこの世にいないって思ってた。でも、知らなかっただけだったんだ……」

「あっ、今思い出した。そうだよ。ボクのお父さん、なぜ藤盛さんのことを話し出したかっていうと、お父さんが現実の世界で最後に見た人物が藤盛さんだったから……」

「えっ？」

「ほら、お父さんがタバコを吸っている時。あの時、なぜか藤盛を見たって。なぜあんなところに、って。お父さん疑問に思ってたよ」

「ああ、俺も思い出した。やっぱりあの時、見られてたんだ。男の人に見つかる、って思って、あの場から逃げたのは覚えているけど、俺、健太とは全く気付かなかった……」

「もしかしたら、あの時、お父さんが藤盛さんを見かけなかったら、藤盛さんのこと思い出さずに、お母さんのことだけをよろしくって、ボクに言ってたかもしれないね。そうだったら、ボク、ノートなんか書かなかったかも……」

「そうか……。ほんと不思議だね」

「そうだね……」

「人と人との繋がりも凄いって思うなぁ」

「そうだね。ボクもそう思う」

「それと、俺、もう一つ気になることが……。今、コンタ君がお母さんって言ったから、俺、自分の母さんのことが一瞬頭に過った……。俺、親に黙って自殺しちゃったな。俺のことなんか全く気にかけてないと思って……。遺書も書かなかったし……。俺、親のこと、嫌っていたけど、やっぱり感謝すべきだった……。あんな母親だったけど、縁あって繋がっていたのか……。繋がっていなかったら、あんな親のところに生まれなかったんだよなぁ」

「うん、そうだね」

「ありがとう、コンタ君。俺にいろいろ気付かせてくれて……」

「ボクも一生懸命ノートを書いた甲斐があったよ」

「いやー、ほんと人ってどこかで繋がっているんだね」

「そうだね」

「そろそろ覚悟はできた？」

「ん、まぁ……」

「ボク、もう一度戻って、お母さんを助けなくちゃいけないから。お父さんに頼まれているからね。ボクの使命はまだ果たせていないんだ。もうそろそろ戻らなくちゃ」

「そうか……。俺の使命は終わったってことか……」

「いや、まだ終わっていないよ。さっきも言ったでしょ。死後の世界からまた生まれ変わるって。一から出直し」

「えーーー？　また一から……？　地獄の世界で？　もう辛い人生は懲り懲りだよ」

「仕方ないじゃない。最後まで生き抜かなかったから……」

「そうか……。ノートにもそんなこと書いてあった……」

「これから藤盛さんは死後の世界に行くけど、正直、ボクはそっちの世界のことは分からない。でも、本で読んだことがある。死後の世界にいるいろんな人に会えるみたいだよ。ボクのお父さんにも会えるかも」

「そうか……。俺、健太に会ってお礼を言わなくちゃね」

「会えるといいね。ボクのこともよろしく伝えておいてね。お母さんはボクが守るって」

「分かった」

「じゃ、これでほんとのお別れだよ」

「そうか……。お別れしなければいけないんだね。コンタ君と……」

「まぁ、そんなに悲しまないで。ボク達、繋がっているんだから……。またどこかで会えると思うよ」

「だったらいいけど……」

「いつになるか分からないけど、また生まれ変わるから」

「そうか……」

「もしかしたら、ボクの子供として生まれ変わるかもしれないよーーー」

「だったらいいけどね」

「それを楽しみに、心置きなく死後の世界へ行ってね。でもボクのことと、ノートに書いてあることもたまには思い出してよ」

「よし、分かった。コンタ君。ほんとにありがとう。俺、最後にほんといい夢見させてもらったよ。一度だけでも幸せを味わいたいって思ってたことが叶ったんだから。今度生まれ変わったら、コンタ君の教えをちゃんと思い出して、今度こそはすばらしい人生にする。ほんとありがとう」

「では、さようなら。藤盛さん」

「さよなら、コンタ君。ほんとありがとう……」

「じゃ、またねーーー」

「さようならーーー」

幸一の声はどこか遠くへ消えていった。と同時に、コンタもまた現実の世界へ……。

「あっ、太一！　意識が戻ったわ！」

第八章　奇　跡

　あれから月日は流れ、コンタは二十八歳、社会人となっていた。高校生になってからは友達にあだ名で呼ばれることもなくなり、この頃になると、自分がコンタと言われていたことすら、すっかり忘れていた。あの日以来、不思議な体験をしたことも、そして、幸一のことも誰にも話すこともなくここまで生活してきた。ただ、頭の良さはずっとそのままで、高校、大学と常にトップクラスの成績。しかも、両親のいいとこ取りをしたのか容姿端麗という誰が見ても羨ましい青年に成長していた。しかし、その完璧さが災いしたのか、近寄りがたいというか、周りが引いてしまうというか、友達が多い方ではなかった。若くして人生を達観している存在感が独特のオーラを放ち、当然のごとく同年代からは浮いてしまっていたのだ。そんな太一だったが、就職活動に関してはうまくいき、自分が希望する会社に就職できたのであった。

　仕事はというと、世界中を飛び回る商社マンになり、かなり多忙な毎日を送っていた。しかし、そんな忙しい中でも、通勤途中の電車の中や出張の際の飛行機の中で、暇を見つけては、読書をするのが習慣となっていた。それだけは子供の頃から止められない、いや、自然で当然の行動となっていた。ただ、あんなに読んでいた哲学や仏教などの本ではなく、今では専ら小説ばかり。知識を得る為というより娯楽の為の読書だった。この頃になると、太一は日常生活の中で、過去の経験を思い出すことはあまり無かったが、本を読んでいる時、たまに幸一のことが頭を過ることがあった。だから、その習慣は止められなかったのかもしれない。本当は心のどこかで幸一のことが引っ掛かってはいるが、それはもう過去のこととして、心の奥底に閉じ込めているというのが正直なところだった。太一はとにかく過去のことより現在、現在よりも未来、と自分で確立した哲学の知識を活かしながら、充実した人生を送っていたのだった。

そんなある日、太一は会社で朝から書類の作成を急いでいた。

「今東君、ちょっといいかな？」

太一の上司である山本部長が神妙な面持ちをして近づいてきて、周りの社員に聞こえないようにこっそりと話し掛けた。

「は、はい……」

太一はパソコンに向かって集中していて、背後からの急な部長の声にちょっとびっくりしたが、すぐに立ち上がった。そして、部長の後ろを付いていくようにして、打ち合わせ室へと向かった。大方の人間であれば、いつも怒ってばかりの部長の行動、そして、先程の部長の顔つきを見れば、自分が何かミスをして怒られるのではないか、とマイナスなことを想像するのだろうが、太一はそんなこと一切考えない。想像して自分にプラスにならないことは、頭の中から排除される。そういう頭の構造は、太一が大量に本を読んで身に付けた特技でもあった。

誰も居ない静かな打ち合わせ室にお互い向かい合わせで座ると、部長は眉間に皺を寄せながら、

「ちょっとトラブルが起きてしまってな……」

と、いつもの低い声で言い放った。

「え？　何のトラブルですか？」

「松崎が担当している例の案件、大濠物産とのトラブルなんだけど……、君が代わりに謝りに行ってくれないか？　福岡に」

「え？　福岡ですか？　いや、なぜ松崎さんじゃなくて私なんですか？」

「松崎は今、仙台に出張中だろ。須田課長は別の件で大事な会議。中山も北島も堀も他のメンバー全員別の仕事が入っているんだ……」

「私も仕事沢山抱えていますよ」

「まぁまぁ、それは分かっているよ。でも、君しか居ないんだよ」

「そう言われても、その案件、私は全くタッチしてませんけど……」

「とにかく先方は相当ご立腹で、謝りに行くしかないんだ」

「そうですか……」

「本当は私が行ってもいいんだが、社長との大事な会議があって……」

「……」

「とにかく、急げ！　今すぐ！」

「えっ？　今から？　福岡に？」

「そうだ。今すぐだ」

勘が鋭い太一は、自分以外のメンバーのことはともかく、部長が社長と会議というのは嘘だと直感し、嫌な仕事を押し付けられていることをすぐに悟った。

「分かりました。しかし、今からだと福岡に着くのは四時くらいになるかもしれませんよ」

「そうか……。でも、とにかく今すぐに福岡に飛んでくれ。トラブルの内容とか事情は松崎からメールさせるから……」

「分かりました。その代わり福岡に一泊してきますよ」

「ん？……。まぁ、それは任せる」

部長の人間性は最悪だった。自分が気に入らないことがあると、人前でも平気で怒鳴り散らすし、人に頭を下げることも、感謝の言葉を人に告げることも絶対にない。現に今も、

「申し訳ない」とか「ありがとう」とか、そんな言葉は一切なかった。部下全員に嫌われているあの部長がなぜあのポジションに居るのか。それは理解不能なことでもあった。ただ、太一くらいのレベルになると、そういうのは問題ではなく、ああいう人物が出世するのは十分理解できるし、怒りなどは全く感じない。太一の頭には「この世は地獄」ということがしっかりと叩き込んであるから、そんな人物と出会ったことでも自分の人生にプラスになるように考えるのである。とにかくこの地獄には悪い奴らがウヨウヨして、太一はそう思って受け入れるのがこの世の仕組みだと認識していた。

太一は社会人になり、この理不尽な世の中を生きていくこと、そして、理不尽な出来事を体験すること、その重要性を十分過ぎるくらい理解していた。子供の頃から哲学本を読み漁り、そこで得た知識は間違っていなかった、とそれを確かめる場として、会社の存在は大きかった。そういった意味でも職場の人間関係や社会との繋がりは、人生を大きく左右する。この歳になっても、子供の頃に書いた『この世はジゴク』の内容は全く色あせてなく、今でも間違っていないと自負していた。だから、何か仕事で嫌なことが起きると、自分で書いたノートを引っ張り出してきて、読み返すこともあった。

そんな太一はトラブル処理が得意だった。だから何かあるたびに先方に出向く。そして、怒りに満ちたお客様や取引先に対して、とにかく謝って先方の話を聞くことに徹する。太一は今ではもう忘れかけているが、以前母親からカウンセラーと言われたこともあった人物だ。だから、話を聞いて相手の心を解き放つ技術はピカイチだった。それで、今回もまた先方の怒りを抑える為に太一が駆り出され、わざわざ福岡に出向くことになったのではないかと、太一はそう勝手に解釈し満更でもなかった。

「では、行って参ります」
「じゃ、よろしく頼んだぞ」
「はい」

太一はいざ福岡に行けると思うと、心はウキウキだった。というのも、おいしい料理や福岡人の親しみやすい人柄、若い女性がしゃべる博多弁、そして、何と言っても福岡の女性は美人が多い。太一にとっては日本一魅力的な街だったからだ。だから、本当は「福岡に」と部長に言われた時、表情では嫌な振りをしていながら、心の中では密かに、ラッキーだと思っていた。

太一は空港までの電車での移動中、スマートフォンで先方の会社のことを調べ、先輩の松崎から届いたメールでトラブル内容も確認した。ここまでやっておけば、いつものように機内では本が読める。だから太一にとっては出張も悪くなかった。

東京から福岡への便はいつもほぼ満席だ。今回は急なことだったので、満席ならば一便遅らせる、もしくは空いていたとしても、後方座席の三席中の真ん中で、あまり好ましくない席しか空いてない。そんなことを覚悟しながらも、空港のカウンターに着いた。

「すみません、今からできるだけ早く福岡便に乗りたいのですが……」

「はい、福岡便ですね。お待ちください」

太一はグランドスタッフが席を用意してくれるのを待っていた。

「お客様、一席だけ空いてます。すぐにお取りしますか？」

「はい、お願いします」

「では、15Aの席をお取りします」

「え？　前の方の席が空いてたんですか？　しかも窓側？」

「はい、たった今キャンセルがありまして……。しかし、お客様、既に機内への最終案内となっておりますので、お急ぎください」


太一は無事福岡に行けることにホッとしながら、急いで手荷物検査を済ませると、空港ターミナル内には、太一が乗る便の搭乗案内アナウンスが何度も流れていた。太一は早足にならざるを得ず、トイレにも行けずにそのままボーディングブリッジを渡り、機内へと進んでいった。太一が飛行機に乗り込み、機内通路に一歩足を踏み入れると、乗客の視線が太一に集まった。その瞬間、太一の背後では飛行機の扉を閉める大きな音が「ガッシャン」と聞こえた。

（そうか……。乗客のみんなは僕を待っていてくれたのか……。15A、15A……。ここだ……）

満席の機内は、太一の席だけが空いており、その隣の席には女性が下を向いて座っていた。太一が申し訳なさそうに、

「すみません……」

と、通路側の女性にそう告げると、その女性は黙って通路に立ち上がり、太一を窓側の席に通した。太一は急がねばという焦りと、長い時間待たせた乗客に対して申し訳ないという気持ちが入り交じり、恥ずかしさで自分の席にしか目が行かず、隣の女性の顔は全く視界に入らなかった。ただ何となくの雰囲気で二、三十代の若い女性ではないかと察したが、そんなことを気にする暇など無かった。そして、太一はやっとのことで自分の席に座ると、早速カバンから本を取り出した。その時、

「ア・ア……ウ・ウ……」

太一はふと隣の席に目を向けると、女性は赤ちゃんを抱いていた。男の子と思われる赤ちゃんが太一の顔を指差し、言葉にならないような声を一生懸命発しているようだった。するると、お母さんと思われるその女性が申し訳なさそうにしゃべり掛けてきた。

「すみません……。この子、生まれて初めて飛行機に乗るので……」

「いやいや、全然構いませんよ……」

太一はそう言いながら、視線は赤ちゃんに釘付けとなった。

(うわー、なんて可愛いんだ……。目はパッチリ、肌も透き通ったようにツルッツル。ちっちゃなお手々……。こんな可愛い赤ちゃん初めて見た……。俺のことを見てる……)

自然と太一の表情も緩み、太一はその赤ちゃんを凝視しつつ、目を大きく見開いたり、ニッコリしてみたりして、その子を笑わせようとしていた。

「めちゃめちゃ、可愛いですね」

太一は思わず隣の女性にしゃべり掛けてしまった。出張や旅行で飛行機に乗る機会は多かったが、隣の席の人に自分から話し掛けたことは今まで一度もない。しかし、あまりの赤ちゃんの可愛さに、無意識に言葉を掛けてしまったのだった。

「ありがとうございます。まだ七カ月で……。泣きだすとなかなか泣き止まないから、今日心配で……。こんなところで大声で泣かれると……」

「いやいや、僕は全然気にならないですよ。むしろ、こんな可愛い赤ちゃんを見てると、こっちまで心が和やかになります……」

「あ、ありがとうございます」

女性はか細い声でお礼を言ったが、視線は抱っこしている赤ちゃんに向けたままで、太一の方を向いてくれなかった。太一はその女性の顔を見たかったが、飛行機の隣同士のこの場所では、首を九十度くらい曲げるか、身体ごと隣の席の方へ向けるかしかない。しかし、初対面の人と顔を見ながら会話するには、飛行機のエコノミークラスの席では顔が近過ぎるのである。だから、お互い視線は赤ちゃんに向けたままだった。

飛行機はいつの間にか滑走路まで行き、「ゴーーー」という爆音が響いたかと思うと、無事に離陸した。その間、母親に抱っこされたままの赤ちゃんは大人しく、時には太一と目が合い、そのたびに太一の心も癒やされほっこりするのであった。太一は本を右手に待ったままだったが、その赤ちゃんのことが気になって、ずっとそちらばかり見てしまう。そうすると、赤ちゃんの方も太一を見て指差し、

「アッ・コ・アッ・コ……」

と、可愛らしい声を発する。その繰り返しだった。

「こんなに長時間、機嫌がいいのは初めてです……」

「そうなんですか。しかし、ずっと見てても飽きませんよね」

太一はそう言いながら一瞬視線を横に向け、チョットだけ女性の顔を見た。

(おっと……。めちゃめちゃ可愛い女性じゃないか……)

太一は飛行機に乗るたびにいつも隣に若くて綺麗な女性が座ってくれないかと期待していたが、そんなこと一度もなかった。むしろほとんど、いや必ずと言っていいくらい仕事で疲れきったかのような中年のおじさんが隣にやってくる。だから、今日も全く期待していなかった。しかし、いきなりこんなに綺麗で可愛い女性が隣にいることを意識してしま

うと、太一は急に恥ずかしくなり、めったに味わうこともない緊張感に包まれた。

「出産して初めて福岡の実家に帰るんです」

「そうなんですね。大変ですね、赤ちゃんを抱っこして遠くまで。しかも、お独りで……」

「そうなんです。私、いつも独りでこの子の面倒を見ているんで……」

（あっ、まずいこと言ったかも……）

太一の頭に一瞬そんな考えが過り、「独り」って言った意味は今この場所でのことで、そんな意味ではなかった。

（もしかするとシングルマザーかもしれない……）

太一は安易な言葉を発したことが心に引っ掛かった。

「いつも元気が良過ぎるというか、ギャーギャー泣くし、夜泣きも凄いし、誰も助けてくれないし……。私独りでの子育ては限界がありますよ。もうノイローゼになってしまいそうです」

（やっぱり……。まずいこと言ったなぁ……）

「大変ですね。こんなに可愛いのに、やっぱり親になるって大変なんですね」

太一は気まずさだけが頭に残り、何をしゃべっていいのか気を使っていた。

「実は……。初対面の人にこんなこと言うの……ちょっとためらうんですけど……」

「え？」

「この子のお父さんは……この子が生まれる直前に亡くなったんです……」

「え？」

太一の背筋は凍り付き思わず、

「ちょっと待ってください……。僕も五歳の時に父親が亡くなって……。僕と同じ境遇なんですね」

と、今まで極々近しい数人にしか打ち明けたことがないことを口走ってしまった。

「え？　そうなんですか？」

その女性もびっくりして、今まで抱いた赤ちゃんにしか向けなかった視線を太一の方に向けた。

「そうなんです。しかも、僕のせいで」

（まずい。このことは誰にも言ってなかったのに……）

と、頭の中を過った時はもう遅かった。あの嫌な過去は自分の心の奥に封印していたが、こんな所でいとも簡単にその封印が解けるなんて、太一にとっては全くの想定外だった。

「え？」

「僕の不注意で、父親が犠牲に……」

「そうなんですか……。それは辛い出来事でしたね。すみません。私が余計なことをしゃべってしまったから……。嫌なことを思い出させてしまって……」

「いやいや、全然気にしないでください。もう二十年以上も前のことですから……」

「私、主人が亡くなった時、世の中で一番不幸なのは私じゃないかって……。ほんとこんなに涙が出るのかって思うくらい泣き明かしました。でも、無事にこの子が生まれてきてくれて、この子だけが頼りだと思っていたけど、想像以上に子育てって大変で……。もう限界って思って、この子と一緒に心中でもしようかって、そこまで追い込まれて……」

「それは大変でしたね……」

「ごめんなさい……。たまたま隣の席になった方にこんなこと……」

「いやいや、僕は全然構いませんよ。むしろ辛くて我慢していた胸の内を吐き出した方がスッキリしますよ」

「ありがとうございます……」

数秒間の沈黙が続いた後、また女性がしゃべり始めた。

「私もやっと精神的に落ち着いた気がします。大変だけど、この子がたまに見せてくれる笑顔に癒やされて……。この子の為にも頑張って生きようって……」

「そうですね。こんなに可愛いんですから……」

(あっ、また変なことを言ってしまった……)

太一は赤ちゃんのことを可愛いと言ったつもりだったが、捉え方によってはその女性のことを可愛いと言ったようにも聞き取れる。太一は自分で顔が真っ赤になっているのが分かったが、幸いその顔を女性に見られずに済んでホッとしていた。

その間、赤ちゃんはずっと太一の方をじっと見ながら、何と言っているのか聞き取れないような赤ちゃん言葉を何度も発していた。

「おりこうさん、じゃないですか？　ぐずりもせず、機嫌よくずっと何か言ってますよ」

「そうですね。こんなこと初めてかも……。飛行機の中は逃げ場がないから心配したけど、ほんと今日は機嫌がいいみたいで……良かったわ……」

その時、

「コッ・タ・コ・タッ・コ……」

と、赤ちゃんが太一の顔を指差し、訳の分からない言葉を何度も言い出した。

「あら、初めてでちゅねーー。こんなはっきりとおちゃべりちゅるのーー」

女性は赤ちゃんの言葉に反応し、優しく赤ちゃん言葉でしゃべり掛けていた。

その時。

「コッ・タ・コッ・タ……・コ・ン・タ」

太一の身体全身に衝撃が走った。それはまるで晴天なのに突然予期せぬ雷が、『ドカーーーン！』と落ちたかのような……。

（え？　今はっきりと……俺のこと……）

「すみません、赤ちゃんの名前ってなんて言うんですか？」

「イッコーです。漢数字の『一』に『幸せ』って書いて……」

「イッコー？　ちょっと待ってください。一番の幸せ者？」

「そうです。世界で一番幸せになってほしいという願いも込めて……」

太一の全身に電流のようなものが駆け巡り、一気に熱が上がった気がした。と同時に、太一は確信した。

（やっと出逢えた！　そうか……。なぜ僕が福岡出張に駆り出されたのか。なぜこのタイミングなのか。いや、なぜではない。必ずここで出逢うことになっていた。そうか……、部長、ありがとうございます。藤盛さん、やっと来てくれたね。こんな奇跡があるなんて！）

太一は今まで味わったこともないようなハイテンションになったかと思うと、急いで上着の内ポケットから名刺を取り出し、

「すみません。僕、今東太一と申します」

と、笑顔で隣の女性に名刺を渡した。

「え？」

半ば強引に名刺を渡された一幸ちゃんの母親は、急にどうしたの？　というような驚いた表情をしていたが、太一の勢いに思わず受け取ってくれた。

「すみません。ナンパって思われても仕方がありませんが、そうじゃないんです。話すと長くなるので今は説明できませんが、一幸ちゃんと僕は出逢う運命だったんです」

「え？」

「怪しいやつと思わないでください。僕、実は……この日、この瞬間をずっと待っていたんです。でも、こんな所で出逢えるなんて。ほんと嬉しいです」

「そうですか……」

「いやー、ほんとめちゃくちゃ嬉しいです。抱っこしてもいいですか？」

「は、はい……」

「さぁ、一幸ちゃん、おいで」

太一がほほ笑みながら手を差し伸べると、一幸ちゃんもニコッとしながら太一の方へ両手を伸ばしてきた。そして、太一の胸に……。太一は一幸ちゃんを一度ギュッと抱きしめた。

「一幸ちゃん！　コンタだよ。やっと会えたね。来てくれてほんとありがとう」

「コ・ン・タ……。コ・ン・タ……」

その時、なんとも可愛らしい声が太一の耳に響き渡っていた。

『この世はジゴク』コンタ

①不幸の原因は？

自分の不幸の原因は何かと考え、悩むのが癖になっている人。そういう人は今、満足して生きているだろうか。原因は過去にあると勝手に判断し自分の過去を振り返っても、心が晴れて幸せになれるとは到底思えないのだが……。たとえ原因を探し出すことができたとしても、それが正解かどうかもわからないし、そんなわからないことで独り悩み苦しみ後悔する。その繰り返しだ。だから、不幸の原因探しが癖になっている人はその癖を直さない限り幸せにはなれない気がする。

また、不幸の原因探しをしていると、周りの人のせいにすることがある。そうなると、その人を恨むことにもなりかねない。人を恨み続ける人生がいかに馬鹿げているか。それは恨みがいいことを何も生み出さないからである。生み出すのは憎しみや仕返しといった悪の心。そんな心の状態で幸せになれるはずもない。たとえ人のせいではなく、自分のせいだという考えに至ったとしても、ただ落ち込み後悔するだけで暗い気持ちが晴れることはない。さらに、不幸の原因を考えているということは、その事で頭が一杯になっていて人生を楽しめていない状態だ。人は生きていく過程で不幸なことを忘れた状態、その時こそが幸福なのだ。ということで、もし、不幸の原因探しをやっているなら、今すぐ止めた方がいい。不幸の原因探しをしたり、過去の嫌な事を考えたりしているうちは、幸せになれないということを覚えておこう。

②イライラの原因は？

日々生活をしていてイライラすることがある。例えば、道端にタバコの吸い殻が捨ててある時。特に自分の家の前にポイ捨てがある時なんかは、非常に腹立たしい。そこで、「なぜこんなことをするのだろうか？」と自分なりに理由を考えたところで正解は出ない。面倒だったからなのか、誰も見ていないからなのか、と考えたところで、それらは単なる推測だし、もしそうだからといって納得しイライラが解消されることはない。

また、犯人を捜して「なぜポイ捨てするんですか？」と追及しても、正当な理由を聞き出せるはずもなく、注意された人が逆に怒り出し、トラブルを引き起こすこともあり得る。万が一、注意を受けたその犯人が心を改めポイ捨てを止めたとしても、この世の中からタバコがなくならない限り、また違う次の犯人が出てきて永遠にそれを繰り返すだろう。なので、永遠にイライラが解消することはない。そうならば、イライラする事柄つまり原因を諦めるしかない。「タバコを吸う人はポイ捨てを当たり前のようにやる」と割り切って諦めよう。こちらが掃除すればいいだけの話である。「なぜ私が掃除を？」なんて余計なことは考えない。ただ、きれいにするのが目的だ。

イライラすることが人生の目的なの？　イライラの原因探しが人生の目的なの？　いや、違うでしょう。イライラの原因を考えずに、楽しく生きる方法を考えよう。イライラは何も役立たない感情であり、イライラしている時間は、最も無駄なんだなぁ。

③受け入れる

天気や天災のことでイライラするのも無駄である。せっかくの大事な日に雨が降って予定が台無しになる、突然の地震によって家が壊れる、そういうことは、自分の力ではどうすることもできない。これも言い方は悪いが諦めるしかない。その日に雨が降るという事実は変えられないので、その事実を基に予定変更で対応するしかないのだ。また、地震などの天災も自分に降りかかってきた原因はわからない。たまたまそれに遭遇しただけ。天災はいつか自分の身に降りかかるものと覚悟し諦めるしかない。残念だが前向きに生きるためにはそうするしかないのだ。

ただ、「諦める」という言葉は「どうでもいい」や「無気力」と受け取られ、あまりいい印象を受けない。だから、「受け入れる」という言葉に置き換えよう。自分にとって都合が悪い事も受け入れる。そういう心構えが普段からできていれば、何が起ころうとも物怖じしない人物になれるのだ。いろいろ考えても仕方がない。考えてもどうにもならないことは受け入れること。残念だけど受け入れる。これが大事だ。

受け入れることができる人になると、他の人に対しても優しくなれるし、嫌だなぁというものが少なくなる。だから、生きるのが楽になること間違いない。受け入れる人生はいいことばかりだ。「イライラを止めること」「何でも受け入れること」この二つの事を意識してより良い人生を送ろう。

④比べるのはダメ

残念なことだが、現代社会において幸福感というものは、他の人との比較でしか味わえなくなってしまっている。あいつに比べれば俺の方が高収入だとか、私の方が広い家に住んでいるとか……。でもそれは、優越感を幸福感と勘違いしているだけだ。人と張り合って自分の方が優位に立ったところで、本当の意味での幸せは味わえない。なぜなら、人と比べると上には上がいるものでなかなか自分が一番にはなれないし、もし頂点に立ったとしてもそこから転落しないように、必死で耐えなければならない状況が待っているからだ。これはこれでまた苦しいものとなる。また、人より優れていることに思い上がって調子に乗ると、その後の転落は無残なものとなり幸せどころではない。調子に乗り浮かれてしまった人は後々、転落が待っていると言ってもいいだろう。まさに盛者必衰である。

では、どうすればいいのか。それは意識して人と比べないことを実践すること。人は人、自分は自分、という考えをしっかり持ち、比べることは不幸の始まりだと認識しておかなければならない。比べるということは優劣を付けるということだから、勝ち負けが決まるということ。負けたらいい気はしないし、勝っても一瞬の出来事。後の転落が痛々しい。人生は勝ち負けではなく、ただ幸せに暮らしたいだけでしょ。他の人を蹴落とすことがそんなに幸せなの？　勝ち負けは遊びかスポーツくらいにしておいた方がいいんじゃないの？　人生に勝ち負けは必要ない。とにかく他の人と比べることは止めようね。

⑤事実か？　推論か？

生き物の中で人間だけが悩む動物である。脳が発達し過ぎて余計なことまで考えてしまうのだ。ただ、悩みのほとんどは単なる思い込みだ。それは自分勝手な推論であり事実ではない。だから、事実でないことで悩んでも全く意味がない。思い込みの恐ろしさは、それが頭から離れなくなり生活に支障を来すこと。そして、良からぬ妄想が膨らみ、収拾がつかなくなってしまう。そんな時どうすればいいのか。何か気になることを考え始めたら「それは事実か？　推論か？」と自分で自分に質問してみるようにすればいい。事実ならそれを基に解決方法を考えよう。推論ならば即刻考えることを止めることだ。

思うに、何か悪いことが起きたり、気になることがあったりすると、過去の事柄から勝手に原因と推測される事を探し出したり、まだ起きてもいない未来のことを勝手に推測したりする。そして、推測される事柄は事実に基づいていないから悩みは永遠に続き、深みにはまっていくのである。何か気になる悩み事が頭に浮かんだら、常にそれは事実なのか推論なのかと、自分自身で質問する癖をつける。すると、そのうちほとんどが推論であることに気付くことになる。推論はいくらでもできるし、自分の頭の中の世界で起こることだ。だから「勝手な推論はしない」と自分で固く心に決めなければ、いくらでも余計な考えが膨らむことになる。推論で悩むことの馬鹿らしさに気付けば、後は悩みから解放されるだけなんだけどなぁ。

⑥結果は同じでも過程は？

飛行機に乗るのが怖いという人がいる。その人が言うには「あんな重いものが飛ぶのはおかしい。絶対墜落するに違いない」と。まぁ、気持ちはわからないわけではないが、自分が乗っている時に墜落するかもしれないという推測で勝手に心配し、怖がっているだけである。せっかく便利な乗り物なのに、良くない所だけに焦点を当て利用しないというのは、人生損している気がしてならない。冷静になってみよう。飛行機は飛ぶように造られているのだ。ただ、全て冷静に考えて理解し行動できるとは限らないのが人間というもの。なぜなら、人間は感情の脳と理性の脳を持っているからだ。人は感じて動く生き物で、理性だけで動く生き物ではない。だから、感動という言葉はあるが、理動という言葉はないのも納得できる。だから、怖いという感情が優先されるのかもしれない。

では、もし仮に飛行機に乗っている最中、一時間後に墜落すると知ったら……。その一時間ずっと「あーどうしよう。僕は死んでしまうのか。なぜ僕が？　神様のバカ野郎！」とパニックになるか。それとも「あの人に感謝の手紙を書こう」と残された時間を有効に使うか。落ちて死ぬという結果は同じなのに、パニックで過ごす一時間と、冷静に対応する一時間。これは随分違う。人生も同じではないだろうか。いずれ死ぬという事実は皆に与えられたもの。しかし、それまでの過程をどう過ごすか。最後の結果は同じでも、心配しながら過ごす人生より、楽しんで過ごす人生の方がよくないかなぁ。

⑦心配はしてもいい、だけど……

心配はしてもいいものと悪いものがある。していい心配とは、不安を解消してくれるもの。したらいけない心配とは、何の根拠のないもの、つまりただの妄想から来る心配である。将来のために子供の頃から勉強する。火事になったら大変だから保険に入る。老後に備えて貯蓄する。どれもこれも心配から来るもので役に立つ。そもそも人は心配するからこそ生きていけるのだ。先人達が心配したからこそ、うまく生きていく方法が考え出されてきた。今までに便利な物が発明されてきたのもそのためである。

ただ、心配は加減が難しい。心配し過ぎるのもよくないし、心配しなさ過ぎるのもよくない。何でもかんでも「心配ないさ〜〜〜♪」と歌うだけではあまりにも能天気過ぎで、後で痛い目に遭うことになる。かといって、心配ばかりしていては、日常生活に支障を来すことになる。交通事故を心配し過ぎると怖くて道を歩けなくなり、火事を心配し過ぎると火を使えなくなる。そして、心配で夜も眠れないということにもなる。思うに、それらはほとんどが推測で、あまり根拠がない。起こる確率は微々たるものだ。しかし、現代ではこの心配を増幅させる出来事や商売が溢れかえっている。人を不安に陥れることで、それに付け込んだビジネスが成り立っていると言ってもいいだろう。人を心配させて儲かっている人がいるのだ。だから、覚えておこう。心配し過ぎると損をする。ならば、心配するのもほどほどに。そもそも心配のほとんどがまだ起きてもいない妄想だからね。

⑧目的が大事

不運な状況が続いたり、逆境に立たされたりすると、そうなった原因探しをしたくなる気持ちはよくわかる。早く原因を探し出し、すぐにでもその状況から脱出したいからだ。しかし、思うにその原因って、勝手な憶測でそういう答えを導き出しているだけではないか。それが正解かどうかもわからないのに、本当に逆境から抜け出せるのだろうか。もちろん、過去を振り返って反省し、行動を改めることは今後の人生において役に立つこともある。反省は成長する糧としてやってもいいが、単に落ち込むだけの原因探しになっていないか。落ち込むだけで元気を無くすくらいなら初めから反省なんかしない方がましだ。そもそも、過去は変えられないから、今更後悔しても仕方がない。だったら過去に戻っての原因追究は無駄だ。

人は原因を追究するのではなく、目的を追求して生きていくことが大事である。森田療法で有名な森田正馬先生も言っておられる。目的本位で生きていくことを。嫌だなとか、気が重いなとか、そういう気分はそのままで目的を達成するのが目的本位。今日は勉強をやりたくないという気分だが、その気分はそのままで勉強して百点を取るという目的に邁進する。気分はなかなか自分でコントロールできない。だから「気分本位」ではなく「目的本位」で生きる。嫌な原因となるものは仕方がないと諦めて、目的を持って生きていく。人生は目的が大事なんだなぁ。

⑨人生は思い通りにならないことだらけ

「思い通りにならないことを喜んで受け入れる」これが生きていく上での基本となる。親がこれから生まれてくる子供のことを、目が大きく美人で賢く運動神経も良くて……と望んだところで、それは神様に任せるしかない。また、子供を育てていく上においても、親の思い通りには育ってくれないし、無理にそうさせようとしても反発されるだけだ。さらには、大人になって自分の希望する職業に就けないこともある。まさに人生は思い通りにならないことだらけだ。ただこれは、人生は思い通りにならないから諦めろというのとは違う。そうではなく、思い通りにならないこともあるけれど、それはそれで受け入れ前向きに生きるということ。前向きに生きるということは、少しでも思い通りの人生になるように努力したり、夢を抱いてそうなるように行動したりするということである。そうすることで、元気が出て人生が楽しいと感じることになる。

人生においては思い通りにならないことがほとんどと思っていてもいい。しかし一方で、自分はどうしたいか、そして、どうなりたいかを考え、そのことが常に頭から離れない状態も大事である。人生はその人が考えているようになるもの、というか、そう考えなければそうならないからだ。思い通りにならないことも受け入れた上で、なりたい自分になるように努力する。そうすれば、人はいつの間にか成長していくし、充実した人生を送れることになるんだなぁ。

『この世はジゴク』コンタ

⑩自分さえ良ければいいの？

人間は知識を行動に移すということが苦手な動物である。例えば、肥満は病気の原因となるという知識があってもついつい食べ過ぎてしまうし、タバコは身体に良くないという知識があっても、習慣になるとなかなか止めることはできない。一体どれほどの人が学んだ知識を活かして生きているのか、はなはだ疑問である。この日本においては、全ての人が教育を受ける義務を負っているが、何年もの間、毎日毎日学校で学んでいながら、それが活かされていない気がするのは非常に残念だ。学んだことをもう少し実践できれば、もう少しましな世の中になるだろう。何も難しい学問ではなく、人と仲良く、喧嘩はしない、みんなで助け合う、そんなことは親や先生から教えてもらったはずだ。また、ルールをきちんと守る人ばかりであるなら、こんなにも毎日毎日事件や事故が起こることもない。ルール違反は罰を受ける、逮捕される、人が悲しむ、自分も辛い思いをする、そんな知識くらい誰もが持っているはずなのに、悲惨な事件や事故は後を絶たない。人間は知的動物なのにどうしてこんな簡単なことがわからないのだろうか。

思うに、知識を行動へ移すことやルールを守ることができないのは、自分さえ良ければそれでいいという心が根底にあるからではないか。その心が世の中を乱し対立や戦争を生み出すことになる。自分さえ良ければそれでいいという邪悪な心は今すぐ捨ててしまおう。そうすればもっと生きやすい世の中になるのになぁ。

⑪人の不幸は蜜の味

人の不幸は蜜の味と言われる。人は他の人が幸福であるより不幸である方が嬉しいという悲しい本能を持っているようだ。例えば、今まで散々悪事を働いてきた友人が三億円の宝くじを当てたと聞けば、どこからともなく妬みの心が湧き上がってくる。そして、その友人が豪邸を建て、高級料理ばかりを食べ、海外旅行三昧で楽しんでいることを知ると、あまりの理不尽さに神様はいるのかと怒りたくなる。それから時が経ち、その友人があまりにも浮かれ過ぎて破産し、悲惨な生活を送っているという噂を聞けば、ざまあみろ！という気持ちになる。やはり人の不幸が嬉しいということではないだろうか。人の心は残念ながらきれいな部分だけではない。もちろん、そんな汚い心ばかりではないが、人の不幸は蜜の味と言われるのもわかる気がする。

思うに、幸せもほどほどくらいが丁度いいのかもしれない。人は永遠にもっともっとと幸せを求めるが、そのもっともっとはキリがない。幸福過ぎても人に嫉妬され、不幸過ぎても苦しいだけ。そうであれば、ちょっとした幸せをちょっとだけ楽しむ。きれいな花が咲いている。おいしいご飯が食べられる。今日も一日無事で過ごせている。そんな日常をもう少し見つめ直し、もっともっとと追い求めることを止めてみる。人と比べて幸、不幸を考えない。あれがあれば幸せ、あれがないから不幸というものも考えない。周りの人や物に振り回されず、自分らしく自分の人生を楽しむのがいいんじゃないかなぁ。

⑫この世は地獄

泣きっ面に蜂というが、まさに人生において悪いことが重なる時がある。こんなにも不運なことがあるのに、それをさらに超える不運が襲ってくることがあるものだ。そんな時は本当に死んでしまいたいくらい落ち込みが激しく、もう何もかもが終わりだという気持ちになる。この気持ちを何にぶつけたらいいのか、なんで自分ばかりがこんな目に遭うのか、何か悪いことでもして罰が当たったというのか。本当に苦しい時期がある。こんな時、一体どうすればいいのか。これも運命と思って諦めろとでもいうのか。何か心が軽くなるいい考えはないものか。非常に悩ましい問題だ。

僕は信じていることがある。それは、「この世は地獄」だということ。そして、そんな所に生まれてきた理由は、「地獄で修行をするため」だということだ。だから、今生きている現代社会、つまり地獄では不運や試練が待ち受けているのは当たり前なのである。その当たり前のことにいちいち悩んだり苦しんだりすることは馬鹿げている。だから、いかなる不運な出来事に遭遇しようともやけにならない人格を普段から身に付けておく訓練が必要だ。何か困難なことがあっても、これは修行だと思って我慢する。そして、しっかりそれを実行し徳を積んで立派な人物になるよう努力するのだ。楽しいばかりが人生じゃない。もちろん楽しくなるように努めることも必要だけど、地獄で修行するために生まれてきたんだということもしっかり認識しておこう。

『この世はジゴク』コンタ

⑬地獄で気付く

残念ながら人は痛い目に遭わないと、気付かないことがある。病気になり痛い思いをし、そして落ち込み悩み苦しみやっと反省したりその後の人生を改めたりする。まさにこの地獄で修行しないと人は成長しないといってもいいだろう。病床に臥している時も意味ある期間であり、大病の経験がある人に聞くと多くの人が人生に気付きがあったと答える。病気で苦しい時期はまさに地獄。しかし、その地獄を乗り越えてこそ、幸せになれるのである。人生において気付きがないと寿命を迎えるまで辛い修行が続く。つまり地獄の中をさまよわなければならないことになる。地獄をいかに乗り越えるか、そして、いかに楽しみながら修行をするか、それが人生を左右することになる。

交通事故で足を失った人が「今はこうなってよかったと思っている」と言っているのを、僕はテレビで観たことがある。そうなったことで新たな人生が見つかり、前よりも充実した人生になったそうだ。事故に遭ってどん底に落ち絶望的になった時は、まさに地獄と思ったであろう。しかし、そうだからといって、投げやりになり何も努力をしなかった人ではない。気付きを実行に移した人である。

また、人生に気付きがあることで、他の人の痛みがわかるようになる。だから、人に対して優しくなり思いやりの心が芽生え、自分だけでなく周りの人までも幸せに導くことができるのだ。地獄においての気付きはいいことばかりのようだね。

⑭幸せそうに見えるだけ

この世は地獄。だから、生きるのが苦しいのは当たり前。その苦しいのが当たり前の世界なのに、たまにいいことが起きるのは実にありがたく嬉しいことであり、幸せを感じる瞬間でもある。「えっ？　幸せを感じるということは、この世は地獄ではないじゃないか？　天国でしょ？」と疑問を持つかもしれないが、そうではない。自分を不幸と思っている人は、幸せな人と自分を比較して不幸であると認識する。だから、不幸と感じる人を造るために、神様はそれとは対照的な人を造る必要があるのだ。幸せな人が存在せず、みんな同じような状況だったら、惨めな思いをすることはないし、不幸だと思うこともない。不幸というものは、人との比較で勝手にそう思っているだけ、単なる思い違いだ。

人のことを羨ましいと思うことはあるだろう。あの人は幸せそうでいいなぁ、お金持ちそうでいいなぁ、夫婦仲良さそうでいいなぁ、と。しかし、羨ましいと思うのは、勝手な想像であって、騙されているだけかもしれない。また、本当は知らないだけで幸せな人はそうなるように陰で努力しているのかもしれない。自分が幸せじゃないと思うのは、自分の努力が足りないか、考え方が良くないのだ。人の心は目に見えないし、他の人のことはわかりもしないのに、単なる想像で自分と比較し、自分を不幸だと思う必要はない。勝手な想像と勝手な判断は自分を苦しめるだけ。人を羨ましがったり、自分の不幸を嘆いたりする前に修行を積むことの方が先なんだなぁ。

⑮いい思い込み、悪い思い込み

幸せな人は、自分が幸せを享受する為ではなく、他の人を惨めな思いにさせる為に存在するといっても過言ではない。かといって、幸せな人はそれを味わってはいけないということではない。もし、今の自分が幸せである場合、たまたまそうなっただけであり、浮かれることなくただ謙虚に感謝すればいい。できれば幸せな人を見て羨ましがるより、羨ましがられるようになった方がいいではないか。地獄でもそういう人が必要なのだから、地獄で堂々と幸せを味わえばいい。本来、幸せを実感している人はこの世が地獄だと気付いていないが、気付いていないだけで本当は地獄なんだ。

そこで、ふと疑問に思う。この世が地獄と思うのは単なる思い込みではないかと。確かにそうかもしれない。しかし、僕の考え方は、たとえ思い込みだったとしても、そう思っていた方が不運に遭った時の対応力が違ってくるのではないかというものだ。恵まれているうちはいいが、不運は一瞬にしてやってくる。そして、その時はパニックになり何もかもが一瞬にして崩れ落ちる。だから、そうならないためにも、この世は地獄だと認識し不運に備える心の準備が必要となる。不運は当たり前と認識しておけば落ち込むこともなくなるのだ。そもそも、思い込みはしていいものと悪いものがある。悩みが尽きないのは悪い思い込みで、悩みを解決に導くのはいい思い込みである。でも、僕は思い込みではなくこの世は地獄であるとしっかりと認識している。そう認識できる理由もちゃんとあるよ。

⑯この世は地獄と思える理由

この世は地獄と思える理由。それは様々なものがあるが、一つはこの世に宗教が存在するからだ。宗教は人々を幸せに導く教えとされ、幸せになるためには必要なものである。では、なぜ人々は宗教を求めるのか。それは生きるのが辛いから、つまり地獄に生きているからではないか。この辛さから逃れるために、人は何かに頼ろうとする。それが宗教。だから、それが存在するということはこの世が地獄である証拠である。この世がみんな幸せな天国であれば、宗教にすがる必要はないのではないか。また、歴史を振り返ると、宗教間戦争やカルト集団と言われる宗教も存在したようだ。本来、人々を幸せに導くべき宗教が、逆に人を不幸にさせている事実。悲しい事だが、認めざるを得ない状況は、この世が地獄だから、そう思わざるを得ない。

さらには、毎日生活をしていく中で、突然の不幸はやってくるが、突然の幸福はやってこないから。事故での怪我、思いもよらない病気、火事で家を消失、地震や雷などの突然の天災、ウイルス感染の蔓延、愛する人の突然死。これらは全て予告もなしにやってくる。考えてみると、突然の死はあるが、突然の生はない。幸福が何の準備もなしに一瞬にして訪れることはなく、ほとんどは努力や今までの積み重ねによるものだ。この世はまさに不幸と隣り合わせ。突然の不幸に遭遇した人にとっては、この世は地獄であるということを納得できるんだなぁ。

⑰いじめ問題

いつの時代になってもいじめは無くならない。いじめで苦しんでいる人や自殺に追い込まれる人が後を絶たないという事実。本当に悲しいことだ。これはやはりこの世が地獄だからと考えた方がいいのではないか。ここが天国だったらいじめは存在しないだろう。地獄だからこそ、いじめをする悪い人がたくさん存在する。どんなに対策を練っても、どんなにいじめはダメだと訴えても、どんなにいじめ自殺という悲しい事件が起ころうとも、この現実から逃れられないというのは、人類が存在する限り仕方がないのかもしれない。ここは地獄だから……と考えた方が良さそうだ。

ただ、そうは言ってもいじめられるがままでは、苦しいし限界もある。そうなってしまうと地獄だから諦めるというレベルではなく、自分の人生を諦めるというレベルに達してしまう。こうなると最悪だ。そういう事態を招かないためにも、何か対策が必要である。逃げる、自分が強くなる、助けを求める、時が経つのを待つ、環境を変える、忍耐力を身に付けている時期だと考える等……。地獄で生き抜いていくには、いろいろ対策が必要になる。それを実行するのも修行の一つと考えよう。そして、いじめから解放された時、その時が幸せを感じる瞬間となる。そして、辛い時期を乗り越えたからこそ、今があると喜べる時がきっとやってくる。いや、過去に辛いことがあったおかげで、普通のことでも幸せを感じられることとなる。これは信じるしかないよ。

⑱先に苦労するか？　後で苦労するか？

人生において楽をしていると後で苦労するのが常である。楽ばかりして掃除しなければゴミやホコリの山となるし、美味しいものを好きなだけ食べ続けると、肥満やそれに伴い病気になる。ゴミの山や病気になってしまったら後で苦労するのは間違いない。まさに地獄を見ることになる。では、先に苦労すれば後で楽できるのか。確かに備えあれば憂いなしというように、事前準備がしっかりしていると後が楽になることは多々ある。だから、多くの場合は先に苦労をしておいた方が良さそうだ。

しかし、先に苦労すれば、後から必ず楽できるとは限らないのも事実。美味しいけどカロリーが高いからと我慢して身体にいいものばかりを食べていても、病気になることもある。目標の大学に入学するためにやりたいことも後回し、眠たいのも我慢して勉強したが、不合格となることもある。遊びたい時期にも我慢して勉学に励んだが、結局希望の職に就けないということもある。さらには、苦労して希望の会社に入社できたとしても、実はそれからが地獄で、残業続きのブラック企業だったということもある。

「若い時の苦労は買ってでもしろ」という諺があるが、そうすれば必ず報われるのであれば我慢して苦労もする。しかし、そうはならない現実も理解した上で、どうなるかわからない未来に向けて耐えることも必要だ。辛い思いをして報われなかった時、その時は本当に辛い。その辛さを味わう時はまさに地獄だ。

⑲この世は理不尽

常々思うことがある。この世は理不尽だと。まず思うのは努力しても報われないこともあるという理不尽さ。努力すれば報われる可能性が高くなるという程度で、必ず報われるというのは嘘だ。努力が報われなければ神様を恨みたくもなるし、その時は落ち込み何もかも嫌になり涙を流すことになる。しかし、その努力は決して無駄にはならないということも言える。なんせこの世には修行しに来たのだから、その努力はその後の人生、いや次の世界のためにも必要なのである。「まぁこの世は地獄だから仕方ないな」と軽く受け流して、努力を続けるのが賢明だ。あまり必死になり過ぎないように辛い努力はほどほどにして、努力は自分で進んでやるという気持ちがないとなかなかうまくいかない。「そのうちいつかは報われるだろう」というくらいで丁度いい。

また、努力もしないで悪事ばかり働いている人が報われることがあるが、これもまさに理不尽と言える。「僕はこんなにも真面目に努力しているのに、なぜあんなやつが……？こんなのやってられない！」と何もかも投げ出したくなる。あまりの理不尽さに怒りさえ覚えるのだ。では、なぜ理不尽と思うのか。それは、自分とその悪人を比べるからだ。そもそも人と比べる行為は地獄の始まり。わざわざ理不尽なことに目を向ける必要はない。努力は自分のための修行、ただただ自分との闘いだ。「この世には理不尽なこともあるさ」と大きな心で受け止めることも必要だよ。

⑳人生はほぼ運

この世は理不尽なことだらけ。努力が報われなかったり、嫌な奴が出世したりと、他にも挙げればきりがないくらいだ。しかし、理不尽なことは何も自分独りだけに起こることではない。ある一時期だけを見ると、自分だけが損をしている気がして、世の中の理不尽さに憤慨することもあるが、知らないだけで本当は他の人にも同じようなことが起きているのである。なぜ自分だけが、と納得いかないだろうが、それは単なる勘違いに過ぎない。理不尽なことは誰の身にも降りかかることだと認識し、その理不尽な出来事を受け流す度量も必要である。それには修行が必要であるのだが……。理不尽だと嘆いてばかりいたら幸せを感じることができないし、嘆いてばかりいても何もいいことはない。

そもそも人生はほぼ運で決まると言っても過言ではない。何か身に降りかかることは、ほとんどが運で、幸福にも不幸にもなる。しかし、それも人それぞれの受け止め方次第であり、絶対的な幸福や不幸はない。例えば、お金持ちが必ず幸せかと言えばそうではないし、貧乏が不幸かと言えば必ずしもそうではないということ。宝くじに当たったばかりに不幸になった人もいるし、病気になって幸せを掴んだ人もいる。運がいいか悪いかは客観的に判断できる。しかし、その運を生かすも殺すもそれはその人次第ということ。理不尽なことも不運なことも修行と思って受け流すくらいの度量があれば、気が付かないうちに幸せを感じられるようになるんだけどなぁ。

㉑人生これから

人生はほぼ運で決まる。そうならば運任せで何もしなくてもいいのか。どうせ運なんだから努力することも耐えることも無駄で、ただ好き勝手に生きればいいのか。それは違うでしょう。当然努力すれば運気が上がるし、耐えた後にはいいことが起きる可能性は高くなる。僕が思うに、人が生きている間に与えられる運の数は皆平等だ。誰にでも同じくらい幸運が舞い降りてくる。運が悪いばかりで一生を終える人も、いいばかりで一生を終える人もいないということ。だから、今まで不運な人生だった人には、これから幸運なことばかりが待っているに違いない。これからの人生に期待するのではなく、きっと良くなると信じて修行する。ただそれだけだ。

では、今まで幸運な人生だった人は、これから不運なことばかりが待っているのか。そうであればこれからが不安だし、これから生きていても面白くないということになる。しかし、そうではない。未来は自分の努力で変えられるし、自分の努力で運は引き寄せることができる。だから、過去の幸運に感謝しつつ、未来もそうあるよう修行する。ただそれだけだ。

思うに、今まで運が悪かったと思っている人、良かったと思っている人は、単に自分でそう思い込んでいるだけじゃないか。だから過去の思い込みは捨てて、これからの人生を楽しむことに目を向けよう。人生はまだまだこれからだ。

㉒働くことの意味

人はなぜ働かなければならないのか。答えは簡単。それはこの世が地獄だから。あれこれ考えずこの世に生きている限り辛くても働かなくてはならないのだ。日本では勤労が国民の義務と定められているので、働くことは当たり前。そもそも働かなければ生きていけないから、諦めてそうするしかない。また、国によっては、労働は罰であるという捉え方もあり、働かずに済むのであればできればそうしたいという。しかし、食べるためには働かなければならず、その嫌な労働をすることは、まさに地獄であるということだ。とにかくこの世では修行している身であるのだから、仕事を修行として生きていかなければならないのである。地獄と労働は切っても切れないものだ。

しかし、仕事も人それぞれの捉え方があり、やりがいを感じる人もいれば、苦痛だと思う人もいる。どうせ仕事をしなければいけないのだから、楽しんでやった方が生きていく上においては毎日が随分と楽になる。苦痛だと思えば、まさに地獄。地獄をそのままに辛い苦しいと思って過ごすと身も心もボロボロとなり、働くどころか生きている意味さえも失ってしまう。これは本当に辛い。もし働くことが辛いと思うのなら、自分で苦痛と思わない方法を自分で見つけるしかない。人にああしろ、こうしろと命令される仕事ほど苦痛を伴う。まずは働いてお金を得て、寒さをしのいで、食べて、したいことをする。そのうち、働けることのありがたさに気付くと思うよ。働くことのメリットに目を向けよう。

㉓地獄だからルールがある

日本ではもちろん世界中の国では法律やルールが存在する。それもこの世が地獄だからこそ、それらが存在すると言える。なぜか。それはルールがなければ人類が滅びることになるからだ。ルールが無ければ好き勝手する人ばかりで、気に入らない人を攻撃し抹殺するのは常となる。秩序も何もあったもんじゃない、いざこざだらけのむちゃくちゃな世界になるということだ。人はこの世において修行するために生まれてきた。その修行を遂行するためには、人は生きていかなければならない。そのためには、人は好き勝手に行動することはできないということになる。人類が生存するためには、ルールが必要だから必然的にそうなったということだ。

ただ、この地獄の世界では、せっかく人類のために作られたルールを守らない人も大勢いる。その守らない人をも、なんとかこの世で生き長らえさせて修行させなければならない。だから、この地獄では教育制度があったり、ルールを破った人に罰を与えたりする必要があるのだ。

もし、この世が天国ならば、人は皆幸せを感じ他人を攻撃する必要がない。自分だけ良ければそれでいいという考えも喧嘩や紛争も存在しない。ということは、ルールを作る必要もないということになる。やっぱりここは地獄。だから、神様はルールを作って、人類に修行の場を与えているんだなぁ。

㉔人は皆平等？

僕は小学校で「人は皆平等であり差別はダメだ」と教えられた。国の違いも、男女の違いもなく皆平等で、差別することは悪いことであると。しかし、現実は違う。人類は皆平等ではないこともある。裕福な国か貧困の国か、生まれながらにして平等ではない人生が始まるのだ。また、戦争という出来事。その時代に生まれることやその国に生まれると、まさに地獄そのものなのかもしれない。

人類は不平等。だから努力も苦労も忍耐も必要なのである。それなのに、平等、平等と何かにつけ教えられる。思うに、この世は地獄ということを隠すためにわざと平等なんてことを教育する必要があるのではないだろうか。確かに人と平等に接することも必要であるし、差別扱いすることは言語道断である。ただ、人類は平等ではないという現実を受け入れることも必要である。この世は不平等ということは格差社会だということ。その格差も受け入れなければならないところがまた地獄なる所以である。生まれた時代、生まれた場所、病気や障害、それらを受け入れること。自分は恵まれないと嘆いたところで誰も助けてくれないし、受け入れないと自分が辛いだけである。

平等なんてあり得ない。人は違って当たり前。そもそも違うのだから比べる意味もない。違いを受け入れ、違ったままで生きていく。違いを認めることで、人を攻撃しなくなる。違ったままでいいじゃないか。誰一人として同じ人間はいないのだから。

㉕人生が辛いのは当たり前

この世は地獄だと思っていると得した気分になることがある。例えば、おいしいものを食べた時。地獄なのにおいしいものが食べられるとは、なんとありがたいことか。好きな人に出会えた、仕事がうまくいった、気持ち良く眠れた、これを当たり前と思わずに、こんなにいいことがあったと思えば嬉しいし感動もできる。これが天国だと、当たり前のこととして何の感動もなく、つまらない人生となるだろう。とにかく、「この世は地獄なのに、こんないいことが……」ということを常に頭において行動すれば、何気ないことでも感謝できる。だから、地獄はそんなに悪いところではない。

仮に、この世は天国だとしよう。また、それを信じて生きるとする。そうなると、幸せが当たり前だと思ってしまう。そして、何か自分に都合が悪いことが起きると、「なぜ？天国なのに？」という疑問を抱き、自分だけが惨めに思えて絶望することになる。そもそも期待するのがよくない。なぜなら、期待してその通りだと当たり前だからありがたさを感じないし、期待外れだと辛いと感じてしまうからだ。これが地獄だったら初めから期待なんてしない。だから、期待しないためにもこの世は地獄でよかったのだ。そもそもこの世は地獄なんだから、試練は当たり前だし、辛くない人生はあり得ないのである。この世には期待せずに、思いがけず何かいいことがあると嬉しさが増すことになる。期待しないでいられるこの世の中は実にいい所なんだなぁ。

㉖死ぬことはみんな経験する

この世は地獄と思っていると、辛いことも受け入れることができるようになる。この世で一番悲しいこと、それは愛する人の死といっても過言ではない。突然の死であればあるほど、その死をなかなか受け入れることはできないだろう。しかし、死が訪れたということは、その人の修行が終わったということだ。死を迎えるということを寿命というでしょう。「寿」の字はめでたいという意味がある。だから、本来死は地獄での修行を終えたと同時に、次の世界へ行くというお祝い事なのである。だからと言って、自分で勝手にこの修行を終わらせること、つまり自殺はいけない。あまりにも辛過ぎると、死にたくなる気持ちも理解できるが、それを乗り越えるのが修行である。亡くなった本人はこの世に居なくなり、その後のことはわからないかもしれないが、この世に残された人達はそのことで余計な推測が尽きず、悩み苦しむことになる。まさに地獄での辛い修行が倍増することになるのだ。だから、自らの死は絶対に選んではならない。

死ぬことは今まで人類史上何億人という人が経験したことだ。ただその経験をした人がこの世に生きていないだけで、今生きている全ての人達がこれから経験する。だから、自分の順番が来るまでゆっくり待っておけばいい。ただ、その死がいつ訪れるかわからないから不安なだけだ。人生なんて最期を迎えるまでの暇つぶしと思って気軽に生きればいい。修行は急がず慌てずゆっくりと。

㉗なぜ長生きがいいのか？

なぜ長生きがいいのか？　この世が地獄ならば、こんな世界をさっさと終えてしまえばいいのではないか。わざわざ辛い世の中に長生きしてまでも耐え続けなくてもいいのではないか。

しかし、それは違う。長生きすればそれだけ修行期間が長いということになる。この世には修行しに来たのだから、長生きすればそれだけ頑張って修行に耐えたということ。頑張ればいいことがあるというのは、人類共通の認識である。そうであれば、どんないいことがあるのか。それはこの世を終えた時、つまり次の世界では幸せな世界が待っているということだ。次の世界？　本当にあるの？　信じられないかもしれないが、どうもこれは信じておいた方がいいようだ。実際のところは死んだ後のことはわからない。しかし、死後の世界があった場合、前の人生で頑張ってよかった、長生きした甲斐があった、と実感できることになる。人は記憶にないかもしれないが、人類の本能に長生きすればいいことがあるということがインプットされていて、だから死にたくない、という本能的なものが働き、みんな長生きを目指すのである。死にたくないという想いは修行したいという人類に身に付いている考えなのだ。

なぜ長生きしたいのか、理由はわかっただろうか。長生きイコール修行期間が長いということ。やっぱり長生きするっていいことなんだね。

㉘死ぬのが怖い？

死にたくない、死ぬのが怖いとほとんどの人が思っている。当然と言えば当然だが、一体なぜ怖いのか。それは単に経験したことがないので、未知なるものへの恐怖ではないだろうか。ではもし仮に、人は死なない存在だとしたら、恐怖は取り除かれるだろうか。そんなことはない。そのことこそが、大変な問題を引き起こすことになるのだ。まず考えられるのが、人が増え過ぎてこの地球上に住めなくなるということ。食べ物も足りなくて常に空腹状態。住む場所や食料の奪い合いで常に争い事が勃発する。人が増え過ぎそれを抑制するために新しい命が誕生しなくなる。世の中老いた人だらけでマンネリ化し、そのマンネリ化に耐えられないが、死ぬことはできない。どうせ死なないので、何もやる気が無くなり生きているけど死人のようになる。死なないが病気にはなる。しかし、痛いままで死ねないので、その痛みが永遠に続くことになる。ちょっと考えただけでも、死なないことの恐怖は計り知れない。今よりももっとひどい地獄となるだろう。

やはり死ぬということは人類にとって必要なことであり恐れることはない。とはいうものの、僕自身、通り魔にナイフを突きつけられたら、やはり恐怖だろう。ガンで余命を宣告されたら怖くなり涙が出てくるだろう。死にたくないという感情が湧き上がってくるだろう。いくら死を受け入れろと言われても、そう簡単に受け入れることはできないかもしれない。しかし、受け入れることも修行の一つだよ。

㉙希望があれば我慢もできる

人生の幸福は困難や問題がないということではなく、それらを克服したり、乗り越えたりした、まさにその時が幸福なのである。問題が一つもない人生などあり得ない。この世は地獄であり、人生には困難がつきもの。このことは十分に認識すべきことである。であるから、その困難を乗り越えることこそが、幸せを掴む第一歩となる。そして、「よし、こんな地獄でもやっていけるぞ」という希望が持てるようになる。人生において希望があるということは、実に幸せなことである。希望があれば困難にも打ち勝つことができるのだ。希望があれば人生にも前向きになれるし、何かに挑戦したくもなる。そうやって修行を積んで徳を高めていくのである。

この世は地獄だが、希望を持って生きていく。希望を持ちながら地獄の世の中を渡り歩く。途中で困難なことに出くわすことは、地獄だから当たり前。そこで、希望を失いそうになれば、まだまだ修行が足りないと自覚し、そこで踏ん張る訓練をする。そして、耐えることが当たり前になれば、自然と忍耐力が付き、何が起きようとも焦らないで堂々と立ち向かうことができる。そうやってこの地獄をうまく乗り切っていき、ついには死、つまり修行を終えることになる。修行を終えるという人生の目的を達成すれば、あとは幸せな次の世界へ行ける。まさに次の世界は希望だ。どんないい所か僕にはわからないけど、いい所に違いないという希望。その希望を持ってこの世の中を生きていこう。

㉚なぜ生きることは苦しいのか？

生きていくことは、なぜ苦しいのか？　これまで、「原因追究はするな！　目的が大事だ！」と主張してきたくせに、今更苦しいと思う原因追究をするの？　と思うかもしれない。本来それはやってはいけないが、どうしても疑問に思う人のために、ここで述べておこう。

人間は生きていく上において、欲求や本能というものが生まれながらにして備わっている。それが邪魔されると苦しさを感じる仕組みになっていて、例えば、食べたいけど食べられない、眠たいけど眠れない、欲しいけど手に入らない、これらの欲求に反することは苦しさとなるのだ。また、人間の本能、つまり生きたいということに反して、死にたいという感情が湧き上がると苦しさを感じる。何かに失敗して死んでしまいたいとか、恥ずかしい思いをしてこの世から消えたいとか、そういう考えが頭を過るから苦しさとなる。

しかし、生きていく上においては、欲求が満たされないことや失敗すること、または恥ずかしい思いをすることは日常ではないか。これは一旦受け入れよう。そうした上で、死にたいと思わない生き方をすること、それが苦しさを感じない生き方なのである。人間本来の欲求や本能のまま生きていくことは、現実問題としては難しい。でも、死にたいと思わないことくらいはできるだろう。死にたいと思わない、つまり生きていたいと強く思い続けることは、前向きな生き方であり、本能のままの生き方である。だから、生きていて苦しさを感じないようになるのである。

㉛この世に感謝

「この世は地獄だ！　なんてことだ！」と言って嘆き、文句ばかり言っていたらせっかくの人生を棒に振ることになる。地獄というのはわかっているが、どうせ地獄だからいいことなんかないと決めつけ、暗く閉じ籠もっていたら何も面白くないし、そんな人にいいことなんか起こりようがない。地獄でも全てが悪いわけでなく、いいこともある。本来地獄だから、食べる物といったら腐った肉とか、汚れた水くらいで、とても満足できるものじゃないはずなのに、この現代の地獄では毎日食べられ、しかもおいしいものまである。また、料理を作ってくれる人がいたり、便利なものを発明してくれる人がいたり、楽しくなることを考え出してくれる人がいたりと、頑張っている人がいるおかげで、他の人も助かっているのである。地獄は嘆くものではなくありがたいものだ。そうやっていい所を見つければいくらでも出てくる。本当にこの世はよくできているなぁと思う。地獄だから辛い、じゃなくこの地獄をいかに楽しむかということだ。

さらには、この地獄には一緒に修行してくれる人がいる。家族であり、友人であり、仲間である。また、現在でも七十億人という人達が同じ地球上で修行している。何もこの地獄を自分独りだけで耐えなければならないわけではない。さらには、独りじゃないと会話も弾むし、楽しいことも何倍も楽しめる。こんな地獄でも感謝すべきことはたくさんある。今生きているこの世界も捨てたもんじゃないなぁ。

㉜地獄を好きになる

では、なぜほとんどの人達はこの世は地獄だと思っていないのか。それはこの世は地獄だと知って絶望的になり生きる希望を失ってしまう人が出てくるのを防ぐため、わざと教えていないからだ。特に、人生経験が未熟である子供が知ってしまうと、生きる力を失ってしまうことになる。だから、ここが地獄だということを隠して、知らぬ間に修行させられているのである。たまにいいことがあったり、幸せな気分になったりするのは、ここは地獄じゃないと錯覚させるためだ。また、薄々この世は地獄だと気付いていても、それを認めたくないということもある。認めてしまうと、これから先、生きていけそうな気がしないからである。地獄は辛くて苦しい所というイメージだから仕方がない。

でも本当は、この世は地獄であると認識していると、何か困難にぶち当たった時、対応力を発揮できる。そして、地獄のありがたさがいつの間にかしみじみとわかってくる。人生とはそんなものだ。地獄もいろいろあって、苦しくてたまらない最悪の地獄もあれば、楽しいと思える地獄もある。それは人それぞれの感じ方や受け止め方によって違ってくる。大人気の芸能人だって、人によって好き嫌いが分かれるのと同じだ。同じ境遇なのに、一方では嘆いてばかりいて、もう一方では楽しんでいる人もいる。どちらがいいかはすぐにわかるだろう。この地獄でも好きになれば生きるのは苦しくない。好きになる努力も必要だと思うよ。

㉝生きる目的は？

これまで散々この世は地獄だと主張してきたが、本当にそうだなと理解したとしよう。そう理解できた上でこれからを生きるとして、何か都合が悪いことが自分の身に降りかかったとしたらどうするか。「やっぱりこの世は地獄だから辛いなぁ」と落ち込み生きる気力を失ってしまうか。それとも「地獄だから仕方がない、こんなこともあるさ」と受け止め、困難を克服するか。それはその個人の考え方や行動によることになる。どっちがいいかは、ここまで読んで理解できた人はわかるはずだ。

しかし、ここで疑問が湧いてくる。「この世が地獄ならば生きている意味あるの？　生きる目的はあるの？」と。そりゃそうだ。地獄ならば辛いだけで生きている意味はなさそうだ。でも、そうではない。ちゃんと意味はあるし目的もある。生きていく意味、それは修行して徳を積むこと。そして、目的は最後まで修行を終えることだ。この世に生まれてきた時点で修行することとそれを最後までやり遂げることは人間に課せられているのである。いくら病気になろうとも、いくら人間関係で苦しもうとも、最後まで付き合わなければならない。それができてからやっと次の世界に行くことができる。

僕は修行を終えていないので、次の世界に行ったことがない。だから、次の世界がどんな所かわからないし、語れないだけ。僕だけでなく、今この世にいる人全員が同じ立場なんだから、何も心配いらない。みんな同じ地獄で修行しているんだ。

㉞修行の邪魔はダメ

若くして命を落とした事故のニュースがある。悲しい気持ちになることは間違いないが、考えようによっては、早く修行を終えて次の世界に行けたということ。つまり死そのものは、そんなに悪いことではないのではないか。残された家族はその悲しい事実を抱えたままその後の人生を過ごすことになるが、それも修行なので、辛いけれども耐えなければならない。人の死が悪いことじゃないなんて、不謹慎だと思うかもしれないが、残された人達が悲しみに明け暮れるくらいなら、心を癒やす方法として一つの考え方でもある。

しかし、考えておかなければならないことがある。いくら死ぬことが悪くないことだといっても、自殺、他殺共に絶対にダメだ。そんなこと誰もがわかっているが、あえてここで述べておく。殺すという行為がダメな理由、それはこの世で生きる目的、つまり最後まで修行をやり遂げるという目的を人の手で故意に奪い、この世に生まれた意味をも奪うことになるからである。残された人の絶望感や抑えきれない怒りの感情は痛い程理解できる。しかし、それを乗り越えられるのが人間というものだ。

一説によると、人の幸せは順番に亡くなることらしい。順番とは、親が亡くなって子が亡くなって孫が亡くなる、というように歳を取った順に亡くなることだ。しかし、この順番通りいかない場合は不幸となる。だからこの世では、歳を取り寿命を迎えるまで修行ができるというのは幸せなことなんだなぁ。

㉟修行するにはいい環境

この地球は人間が修行するには最も適した環境と言える。身近な問題から地球規模の問題まで、ありとあらゆる問題が山積みだからだ。修行するには最高の場所。だから、この世に人間が誕生したのかもしれない。人間関係や家庭の問題、政治や経済の問題、自然災害や戦争、ウイルスなど……。何か一つ問題を解決すれば、また違う問題が発生し、問題を解決するには、誰かが犠牲にならなければならない。まさにここは永遠に解決できない問題を抱える場所、地獄だ。人は一生そこで生きていかなければならない。人は生きている限り修行の身。寿命が来れば修行が終わる。ただそれを繰り返す存在ではないか。

もうここまで問題ばかりだと、それにも慣れてしまって、問題とも思わなくなってしまっている部分もある。だから、ここを地獄だと思っていない。住めば都という諺があるように、慣れればそこは自分に合ったものとなり、好きにもなる。極寒の地でも灼熱の地でも人は生きていけるし、ある人にとっては耐えられないことでも、別の人にとってはなんともないことだったりする。ここにやってきた以上、後は成り行きに任せて生きていくしかない。慣れれば修行も辛くないものだ。人間は顔も性格も育った環境も今の立場も全て違うし、それぞれに修行の課題も違う。修行に耐えたからといって幸せになれるとは限らない。でも、生きている限り、修行を続けなければならない。そして、この世を去る時が修行の終わり。人間はそういう存在だ。

㊱この世は天国？

いくらこの世は地獄だと言っても「絶対信じない、いや、この世は天国だ」という人もいる。まぁ、そう思えるということは今が幸せな証拠だ。そう思える根拠があるのだから、その人にとってはすばらしい人生と言える。では、なぜそう思えるのか。お金持ちで豪華な家に住んでおいしいものばかり食べて……、と誰もが羨む境遇にいるからなのか。いやそうではないだろう。そんな境遇でも慣れてしまえば普通の生活だ。また、いくらお金があっても、その人が満足していなければ幸せを感じないし、もっとほしいと欲を膨らませ続ければ、永遠に満足することもない。

思うに、この世が天国だと思っている人というのは、不幸の原因追究をしなかったり、推論で悩んだりしない人ではないか。さらに、人生に気付きがあったり、希望を持っていたり、自分の境遇を受け入れていたりする人もそうである。それらのことが自然とできるようになれば、幸せになれると言ってもいいだろう。できれば幸せに暮らしたいと誰もが願う。ならば、この世は地獄ということを忘れて、天国と勘違いしてしまうくらい幸せに過ごせばいい。何も地獄をそのまま実践しなくていいのだ。僕はこの世が地獄だと確信できる。でも、自分だけは天国にいるのではないかと勘違いすることもできる。今が幸せならばそう勘違いするのも当然だ。できれば勘違いしたまま最期を迎えたいものだ。「この世は地獄じゃない、天国だ」とみんなが勘違いできる世の中になればいいなぁ。

㊲幸せを求めなくても

人は幸せを求めるが、「そもそも幸せを求めたところでどうなの?」という疑問がある。どこかで満足しない限り、求めることは永久にできる。「もっと幸せになりたい」とそれを常に求めて生きるか、「手に入れた幸せを失うかもしれない」と常に心配しながら生きるか。この二つに一つだ。どっちがいいのか。どっちも嫌なような気がするが……。

幸せになりたい。しかし、幸せを手に入れても、その生活はすぐに慣れてしまう。広い一戸建ての家に住むことができればどんなに幸せだろうと夢見て、それを手に入れたとしても、一年もすれば日常となり幸せを実感できなくなる。幸せとはそんなものだ。そんなことのために、人は必死になって我慢を重ね、幸せを手に入れようとしている。結局、人はいつまでもそれにこだわり、そして、「幸せって何だろう」と疑問を持ちながら生きる存在なのかもしれない。ただ、幸せというものを経験したことがなければ、一度くらいは……、と思うのが人間の性。幸せを経験せずにこの世を去るのはどことなく寂しいからだ。しかし、幸せを維持するにも大変な労力が必要だし、人から嫉妬されることもある。また、せっかく幸せを手に入れても、それを失った時は手に入れてない時よりも不幸で辛いものとなる。それならば、初めから幸せなんて経験しなくてもいいのかもしれない。経験した人にしかわからないが、幸せってそんなにいいもんじゃないのかもしれない。でも、人はどうしても幸せを求めてしまうんだよなぁ。

㊳天国なんか存在しない

この世は地獄であるならば、どこかに天国はあるのだろうか。思うに、天国というものは、こんな所があったらいいなぁと人間が創り上げた妄想の世界だ。本当は天国なんかどこにも存在しないのである。これまで散々この世は地獄だと主張してきたが、そもそも地獄というものも、天国とは真逆の場所として創られただけの妄想の世界である。だから、本当は地獄も存在しない。わかりやすく説明するために地獄という言葉を使っているだけである。ただ、この世は地獄だというと、何か本当に苦しいだけの世界のように勘違いするがそうではない。地獄という言葉のイメージが悪いだけである。だから、言葉を改めよう。地獄ではなく「自国《じごく》」としたらどうだろうか。自国《じごく》は自分の国。今生きている自分の国を誇りに思い、自国《じごく》で生きていく。これだったら、辛くても生きていけそうな気がする。

冷静になって考えてみても、全ての人々が幸せと思う天国なんて存在するだろうか。百年前よりも今は便利な世の中になったが、それでもこの世が天国にはなっていない。便利に慣れるとそれが当たり前であり、ありがたさや幸せなんて実感できないからだ。よってこれからもこの世が天国になることはないだろう。だから、今のこの世界、つまり自国《じごく》で生きていく。そして、その中でたまに起こる嬉しい出来事に幸せを感じながら、ただ生きていく。それだけでいいんだ。そもそも天国なんか妄想の世界だよ。

㊴なんとかなる

この世は自国《じごく》だ。そう思えない人は幸せである証拠だから無理してそう思う必要はない。しかし、生きるのが辛いと思っている人は、そのことを認識していた方が人生を乗り切っていける。生きるのは辛いこと。当たり前である。その当たり前のことを当たり前のこととして生きていく。そうしながらちょっとした幸せを見つけ、一度きりの人生を楽しむ。人生はただそれだけ。だから、人生において何か偉大なことをやり遂げる必要もないし、成功しなければならないということもない。人はわざわざこの世に生まれ修行をしにやってきたのである。生きること、それは修行なんだから、いやいやながらではなく喜んで修行する、という気持ちでいる方が生きやすいのではないか。せっかくだから修行を楽しんでやるぞと開き直ることも、そして、息抜きで遊ぶことも必要だ。一生修行ばかりでは辛過ぎる。

人生には理不尽なことや逆境など、様々な困難がある。しかし、なんとか乗り切るのが人生というもの。何か悩みに直面した時は、まだまだ修行が足りないと自覚し頑張ることも必要だ。そうやって過ごしていれば、そのうちなんとかなる。そして、人生が楽しくなってくる。人生なんてそんなものだ。誰にだって辛く苦しい時がある。人には言えない、人には理解できない苦労もある。しかし、誰しもそれを乗り越える力を十分に持っている。だから、心配しなくていい。なんとかなるよ。

松尾　英二（まつお　えいじ）

1968年福岡市生まれ。西南学院大学卒業後、会社員を経て、心理カウンセラー、執筆活動。著書に『人生明るく楽しく』『大丈夫！　あなたならうまくいく』がある。東京都豊島区在住。

この世はジゴク

2020年10月31日　初版第1刷発行

著　　者　松尾英二
発 行 者　中田典昭
発 行 所　東京図書出版
発行発売　株式会社 リフレ出版
〒113-0021　東京都文京区本駒込 3-10-4
電話 (03)3823-9171　FAX 0120-41-8080
印　　刷　株式会社 ブレイン

ISBN978-4-86641-359-4 C0093
Printed in Japan 2020